少年与犬

少年と犬

［日］驰星周——著　温雪亮——译

北京联合出版公司
Beijing United Publishing Co.,Ltd.

目 录

男人与犬 / 1

小偷与犬 / 49

夫妇与犬 / 93

娼妓与犬 / 141

老人与犬 / 183

少年与犬 / 225

男人与犬

1

停车场的角落里有一只狗,虽说套着项圈却不见狗链,估计是在等去购物的主人吧。它看上去很聪明,但显得极其憔悴。

估计是受灾者的狗吧——中垣和正一边这样想着,一边将车停了下来。

那场大地震已经过去半年了。由于地震与海啸,失去家园的人们依旧无奈地生活在避难所中。听说避难所里不让携带宠物,有些受灾者干脆和宠物一同在车内居住。

中垣进入便利店后,买了咖啡、面包,以及香烟。他在自选机器前倒了一杯咖啡,然后走到店外,在烟灰桶的旁边点燃了一根烟。中垣打开面包的包装袋,在吸烟的空隙中一点点地咬着面包。

那只狗还在那里,它目不转睛地看着和正。

这么说的话……

和正有些纳闷,他并没有在店里看到其他客人的身影,就连停车场里也只停着和正一个人的车。

"你的主人去卫生间了吗?"

和正对狗说起话来。这句话起了反应,狗靠近了和正。

这狗和牧羊犬有些像,不过体形稍微小了点,耳朵和鼻子尖儿较长。估计是牧羊犬和其他狗生的。

狗走到和正眼前便停了下来。它将鼻子前倾,像是在闻气味,闻的并不是烟草味。

"是这个吗?"

和正将面包举到狗的头顶,狗的嘴里直流口水。

"你是肚子饿了吧?"

和正把面包的一端撕成条放在手掌上,然后将手伸到狗的嘴边。那狗嗅了嗅面包的味道便凑近吃了起来。

"对吧,我就说是肚子饿了吧。你等一下啊。"

和正把烟掐了,将倒有咖啡的纸杯放在烟灰桶的上面,然后回到便利店里,并将剩下的面包全都塞进了嘴里。

他买了鸡胸肉干和包装上写有"犬类专用"的饼干。玻璃窗外,那只狗的眼睛一直跟着和正的身体移动。

"你知道那只狗的主人吗?"

和正问收银台的店员。店员的视线朝外瞥了一眼,便顿时失去了兴趣,神情也恢复如初。

"不知道啊。从清晨开始就在这里了,本来想一会儿给卫生站打电话的。"

"这样啊……"

和正接过肉干,回到烟灰桶附近。狗的尾巴开始大幅地摇晃。

"看这个,吃吧。"

和正撕开包装袋,取出一块肉干喂给了狗。狗瞬间就将肉干吃了个精光。

再喂一块,再来一块。不一会儿,就连最后一块也没了。

狗将全部的肉干吃完,用了五分钟都不到。

"看来你这家伙是真饿了。"

和正伸出手抚摸狗头。那只狗并没有对此警惕,也没有因此撒娇,仅仅是看着和正。

"稍微让我看一下。"

和正伸手摸了一下狗的项圈,是皮制的,里面还有标记,好像写了些什么。

"多闻?你小子叫多闻啊?真是个与众不同的名字啊。"

本以为狗主人会在项圈内侧写上住址或电话号码,结果只写了个名字。

和正重新点燃了一根香烟,随后抿了一口咖啡。那只狗——多闻,一直待在他的身边。它既没有死乞白赖地索要食物,也没有撒娇,只是一直待在和正的身旁。

或许是作为那些肉干的回礼吧。

"我差不多该走了。"

和正抽完烟,跟多闻说了一声。他只是工作的时候肚子饿了,才顺道去了趟便利店。由于那场震灾,他以前所在的水产加工公司倒闭了。如今他仅靠少得可怜的存款勉强糊口,不过好歹找到了一份工作。现在可不能再被炒鱿鱼了。

回到车上,和正将咖啡杯放在杯架上,发动引擎后开始倒车。

多闻还待在烟灰桶的附近,一动不动地望着和正。

本想一会儿给卫生站打电话的——那个店员的声音再次出现在耳旁。

如果这只狗被送到卫生站，会被怎么处置呢？

想到这里，和正立刻侧身倚在副驾驶的座位上，车门打开了。

"坐上来吧。"

多闻听到便跑过来，纵身一跃就跳到了副驾驶的座位上。

"给我老老实实待着，可不准随处大小便哟。"

多闻趴在座椅上，一副驾轻就熟的神情。

※

"这只狗是怎么回事？"

沼口一边数着钱一边用他那颓废的眼神望向副驾驶座。多闻则一直看着和正。

"这是我新养的狗。"

和正回答。

"你还有钱养狗，挺富裕的嘛。"

沼口把装有现金的信封还回来，将一根烟含在了嘴里。和正见状立即掏出打火机。

沼口是和正高中的前辈，当年就以流氓而闻名，毕业之后没有找正经工作，而是混迹在仙台的黑社会里。虽说没有正式加入帮派，有段时间却也和加入没什么两样。

如今，他以盗卖赃物为主。

因为存款快要用完了，和正这才央求沼口，给自己介绍了一份快递员的工作。

"情况复杂……"

和正含糊地回了一句。要是不小心说漏嘴，让沼口知道狗是自己在派送的途中捡来的，肯定会被他一拳揍飞的。

"也是，毕竟都过去半年了。不过我身边的一些亲戚还有认识的人已经不再养狗了，想来也挺奇怪的。"

沼口一边从嘴里吐着烟，一边扭动着脖子。这里是仙台机场附近的一条仓库街。向东望去就能看到太平洋。震灾之前，这里耸立着许多大小不一的建筑物，然而海啸将一切都吞噬了。

"这附近和半年前相比，虽说已经强了不少，可还是不行啊。"

原本已经变形、凹陷，变得残破不堪的道路已经被想方设法修理好了，可建筑物的修复工作依旧没有什么进展。包括沼口暂借的这个仓库也是如此，这里原本归运输公司所有。听说沼口那家公司接不到生意、陷入窘境的时候闻风而来，以极其便宜的价格将仓库租了过来。

"你可以训练它，当警察靠近的时候发出警告。"沼口说。

"这种事它能做到吗？"

"能啊。狗这种动物可是相当聪明的。"

"那就试试看吧。"

"好。话说，我有件事想请你帮忙。"

"什么事？"

"过些日子有个能来点钱的活儿，你不试试看吗？你这家伙，以前不是参加过SUGO的赛车竞赛吗？"

"那都是小屁孩时候的事情了。"和正回答。确实，直到上初中为止，他每到周末都驾着赛车，在SUGO的环形跑道上奔驰。不知不觉，成为一名F1赛车手变成了他的梦想。然而当他发现自己在这方面毫无才能的时候便放弃了,那是初三那年的夏天。从那以后,他就再也没有握过赛车的方向盘了。

"不是有句老话叫'宝刀未老'吗?上一次,铃木可被你吓了一跳呢。你让他坐在副驾驶位置了吧?"

"对。"

铃木是个与沼口情同手足的男人。两周之前,从这个仓库前往仙台车站的路上,他曾坐过这辆车。

"他说加减速和转弯太顺滑了,以为这辆报废的破车是劳斯莱斯呢。"

和正挠着头,他也不知道该怎样回答。

"即便没有赛车,在驾驶方面,你也很出色吧。"

"还可以吧。和普通人相比我技术还是不错的。"

"我希望你能将开车的技术借给我。"

"这话是什么意思?"

沼口将变短的香烟从指尖弹了出去。

"有人让我帮一个外国盗窃团伙的忙。我推不掉。"

"盗窃团伙?"

"声音太大了,你这个白痴。"

和正脑袋上挨了一下,赶紧捂住了自己的嘴。

"那些家伙希望有人能在完事后,把他们送回老巢。"

和正舔了舔嘴唇。如果只是运送赃物、收取佣金,事后大可辩解自己什么都不知道。可要是和刚偷盗完的小偷同坐一辆车转移,那意思可就不一样了。要是被抓的话,那就会被当成共犯了。

"报酬不菲哟。"

沼口的右手食指和大拇指比成一个圆形。透过这个圆形，和正仿佛看到了母亲和姐姐的脸。

"能稍微让我考虑一下吗？"

"行是行，可要是拖太久的话我这头也不好办，就这周给我答复吧。"

和正将视线从沼口的身上转移到了车上。多闻如同雕像一样一动不动，目不转睛地注视着和正。

2

和正将在家庭超市买的狗粮倒进拉面碗里，放在多闻面前。多闻发出声响，吃了起来。

"你果然是饿了，都瘦得不像话了。"

和正盘腿坐在榻榻米上，一边吸烟一边守着多闻吃饭。在车上，多闻霸占了副驾驶的位置，每次停车等信号灯的时候，和正都会抚摸它。虽然全身都是毛，可不知为何，多闻显得很是消瘦。不仅肋骨显而易见，身上还布满了像是疮痂一样的东西。

吃完狗粮后，多闻用舌头舔舔嘴的四周，然后坐在榻榻米上面。

和正冲它招了招手，多闻便凑了过来。抚摸完脑袋和胸口，多闻满足似的将眼睛眯成一条缝。和正没有养过狗，也没有想要养狗的念头，不过就这个样子也不错。

电话响了起来，是姐姐麻由美打来的。

"怎么了？"

和正接了电话。

"没什么事，就是想知道你现在在做些什么。"

麻由美只要一说谎就立马露馅，应该是照顾母亲到了筋疲力尽的地步。这分明就是想抱怨几句才打电话过来，只是听到了和正的声音，又改变了想法。

"是不是老妈那里出什么事了？"

"其实也没什么事……"

麻由美的声音渐渐弱下去，到最后变得如叹气一样。

发现母亲出现早老性痴呆的征兆是在去年春天。相比其他人而言，轻症的状态持续了很长时间，但震灾过后，从迫于无奈要在避难所长期生活开始，母亲的病症便逐渐恶化。大概是离开久居的家和大量陌生人共同生活，对她来说压力不小。

麻由美原本住在市内的公寓里，不忍心见到母亲如此糊涂下去，便从那所公寓搬了出来，将老宅打扫修缮后和母亲住在了一起。那是地震发生两个月后的事。从那之后，令人操心的事就没有停下来过，麻由美也日渐憔悴。

麻由美还不到三十岁，正值风华正茂的年纪，可有时冷不丁看到她疲惫的侧脸，就如同中年妇女一样。

"姐姐，我真是对不起你，但凡我能有点出息，最起码在钱的问题上应该能帮上你的忙。"

"眼下世道凋敝，你也别忧思过度才好。"

"可是你……对了，那个，我捡了一只狗。"

"狗？"

"我估摸它是和主人在震灾中走散了。它很温驯，也很聪明，肯定被人饲养过。下次，我带它一起回家。我好像听人说过，如果有一条受过训练的狗，不论是病人还是患有阿尔茨海默病的老人，只要和这只狗有接触，就能够安抚到他们的心。"

"嗯，我也听人这么说过。把它带过来吧，我想妈会很开心的。其实很久以前妈就曾养过狗。"

"老妈以前养过狗？"

"是啊。小的时候，妈曾在老宅养过狗。不过爸不喜欢活物，就没让继续养。"

"我还是头一次听说。"

"那是你出生前发生的事。妈虽说因此感到失落，可这件事发生没多久，妈发现怀上了你，狗的事便忘记了。"

"原来是这样。"

"那只狗叫什么名字？"

"多闻。"

和正回答道。他很开心，谈论和狗有关的话题时，麻由美的声音开始恢复如初。

"搞什么呀。好奇怪的名字。"

"项圈里标记着它的名字。上面写的就是多闻，多闻天的多闻。"

"无所谓了。总之，你尽快把那小家伙带来吧。我总觉得已经好几个月没有见过妈的笑脸了。"

"好的，我尽快。"

"啊，给你打电话真是太对了。久违地舒心啊。果然，和家人说说知心话真的很开心。"

麻由美说完便挂掉了电话。

此时多闻已将下巴枕在和正的腿上睡觉。它安逸的睡相、有节奏地上下起伏的背部，似乎已经言明了对和正的信任。

为了不吵醒多闻，和正轻轻地用手抚摸它的背。

多闻的体温传递过来。

和正的心也被多闻暖热了。

3

和正在网上搜索着和多闻有关的信息。

多闻、狗、公的、牧羊犬、杂交犬、失踪、震灾——只要是脑子里能想到的词全都试了一遍，可连一个符合条件的搜索结果都没有。

也就是说，应该没有人在找多闻。狗主人因为地震受灾，哪里顾得上养的宠物，说不定连主人都已去世了。

不管是哪一种情况，总之这么看来是能毫无顾虑地饲养多闻了。

和正开着载着多闻的车出发了。

他要带着多闻到母亲那里去。

夜长梦多，事不宜迟吧。

母亲和麻由美生活的老家，是位于名取川南畔住宅区的一座独栋别墅。

姐姐出生后没多久,父亲就贷款购置了这套新房。后来又是用父亲的人寿保险赔偿金偿还了余下的贷款。

母亲老年痴呆的症状日渐恶化后,姐弟俩便将她送进了养老院。至于这个家,和正也和姐姐商量过准备卖掉,可震灾发生后这个念头就打消了。

房子占地并不大,庭院也只有容下一辆车停放的空间,就连花圃也只有那一点点而已。和正将自己的车停在麻由美小型轿车的前面。车的一部分露在了院子外面,不过和正并没有抱怨。

"走了,多闻。一定要听话哟。"

和正将跟狗粮一同购买的新项圈和狗链系在多闻身上,弄好后才从车里出来。

"姐姐,我带多闻回来啦。"

和正打开门,对着家里打招呼。过了半拍后,传来一声回复。

"和正吗?你把狗给带过来了?"

"是的。"

和正用自己带来的湿毛巾将多闻的脚底擦了一遍,然后才带它进屋。麻由美则是刚从浴室里出来。

"在洗衣服?"

听到这话后,麻由美脸色一沉。

"妈又失禁了。"

从麻由美的神情就能看出来,母亲这次肯定不是小便失禁。

"真是辛苦了……"

和正说完这句话，只得向麻由美低下头。

"处理这种事，只要习惯就没什么了……妈现在情绪可不太好。说到底还是觉得这种事太丢人了吧。看看这是谁啊！你好，多闻君。"

麻由美坐下来，伸手去摸多闻。多闻不怕生地先是嗅了嗅麻由美的手指，然后用舌头舔舐。

"看上去很聪明的样子啊。"

麻由美抚摸着多闻的额头。

"是不是一只好狗？"

"看上去确实很温驯，我想母亲应该也会对这小家伙满意吧。要不带过去看看？"

"好。"

由麻由美带路，和正带着多闻走进了走廊。母亲的房间是日式的，位于一楼的最深处，是最宽敞的房间，采光也很好。

"妈，和正来了哟。我们进来了哦。"

母亲没有回应，麻由美便将房门打开了。消毒水的味道弥漫开来。和正重新握好狗链，然后与多闻一同进入房间。

"妈，身体怎么样了？"

母亲窝着身子趴在被子下，只是歪着头凝视窗外的花坛。

"妈？"

和正又叫了一声，母亲才将脸转过来。

"你是哪位？"

母亲的回话让和正的心灵受到了冲击，他咬紧了自己的嘴唇。虽说自己多少知道母亲的症状正在恶化，但他今天才知道，母亲的症状已经发展到连身为儿子的自己都不认识的地步了。

"你在说什么呀，妈？我是和正啊。你的儿子和正啊。"

麻由美也发出了打圆场般的笑声。不过，那是一种不自然的微笑，透过麻由美的侧脸可以看出，她其实也备受打击。

"哎呀，原来是和正啊。你长大了不少嘛。"

和正不知道该如何回答母亲，一直呆站着出神。这时，多闻走近母亲的身旁。它将鼻子凑到躺着的母亲的脸上，嗅嗅母亲的味道。

"哎呀，这不是小狗吗……难不成你就是小凯特？"

母亲伸出了胳膊，抚摸起多闻的胸膛。

"是凯特，它就是凯特。这么多年你跑到哪里去了？"

母亲发出少女般的声音。

"凯特？"

和正向麻由美询问这个名字。

"估计是妈小时候养的那条狗的名字吧？"

"凯特、凯特。"

母亲抚摸着多闻，不仅是声音，就连内心好像也重新回到了少女时代。

"妈的病情是从什么时候开始恶化的？"

和正凝视着母亲问道。

"是从两三个星期以前开始的。有时候连我都不认得了。"

"这种事应该早点跟我说……"

"我是不想让你太担心……就一直想着等到什么时候不得不说了再……"

麻由美的视线从和正身上移开了。

"欸。"

母亲站起来了。

"我要带凯特一起去散步。"

"好呀。咱们一起去散步吧。"

和正随即应声答道。

※

和正紧握着狗链，看上去很开心，实际上却小心谨慎地在身后照看着与多闻一同散步的母亲。此时的麻由美也是相同的心情吧，她侧脸的神情因紧张而显得僵硬。

然而母亲全然不顾两个孩子对自己的担心，依旧欢快地玩着。还不断和多闻说话，站在原地弯腰抚摸着多闻。

"妈好像变回了小孩子。"

麻由美说道。

"是的。"

和正点头附和。与其说母亲是返老还童，不如说是她竟从妈妈变成了女儿。看到眼前这般光景，和正心中的不安不由得渐渐发酵，担心母亲会惹出什么离谱的麻烦事。

反倒是多闻的样子让人放心很多。头一次来到这里，多闻并没有害怕，还大大方方地与母亲一同散步。

如果发生什么事，多闻一定会保护好母亲——多闻身上有让和正这样想的特质。

"和正,别再慢条斯理地散步了。加速,快加速。"

母亲回过头来冲和正摆了摆手,她终于想起和正了。

"老妈走路的速度也太快了吧。"

和正加快脚步,和母亲并肩前行。

"凯特聪明吧?不会拽着人横冲直撞,还有意配合我的步调呢。"

不仅仅是说话的声音,母亲连说话时的用词也年轻不少。

"没错。凯特真的很聪明。"

和正心怀感激地抚摸起多闻。

"这狗啊,从小就聪明。"

正如麻由美说的那样,母亲将自己以前养过的狗和多闻搞混了。尽管母亲的声音和举止返老还童了,但这并不意味着她已经大病痊愈。

名取川跃入眼帘,河畔的田地一望无垠。

母亲打算在这个既没有红绿灯也没有人行横道的地方过马路。

危险——刚冒出嗓子眼的话,和正又给咽了回去。

多闻停了下来,狗链松弛下来,母亲也跟着止住了步伐。

"怎么了,凯特?"

正当母亲诧异地询问多闻时,一辆大型货车从她的身边飞驰而过。

"妈,突然横穿马路可是很危险的。"

麻由美的脸色大变。

"没关系的,如今有凯特跟在我身边。"

母亲露出了一个天真的笑容。

姐弟俩四目相对。一阵干燥的风刮过，令人感到秋意渐浓。

※

"多闻，你知道自己今天救了妈妈一命吗？"

和正将胳膊伸向副驾驶座，抚摸着多闻的胸口。

"你帮我们拉住了突然跑到马路上的老妈呢，对不对呀？所以姐姐才说你'像守护神一样'呢。"

多闻一边享受着和正的抚摸，一边盯着前方。

三人约莫在外面走了一个钟头，刚回到家，母亲就喊着累要上床休息了。而在这之前，不用说散步遛弯了，就连出门都好像是很久以前的事情。

母亲睡得很甜，和正冲母亲的睡脸道别后便离开了老宅。

信号灯变了。和正两只手握住方向盘，踩下油门。

震灾发生前，和正驾驶的是手动挡汽车。他一直觉得自动挡汽车根本就算不上车。然而，自己那辆车在震灾中被倒下的水泥墙压在了下面，成了一辆废车。他也想买辆新车，无奈手头没钱。因为工作需要，如今和正手握方向盘的车还是沼口借给他的。只不过这辆车就跟一辆报废的车没两样，故障太多，耗油量也非常大。即便是想让它维持现状，也要支付相当大的保养费用。

"好想拥有一辆新车啊。"

和正喃喃自语。多闻则看着和正。

"老姐应该也很想存一笔钱吧。"

多闻再次将正脸冲向和正。

"好想变成有钱人啊。"

多闻打了一个哈欠。

和正将车停在公寓附近的路边。虽说这里属于禁停区，却不会因此被贴罚单。自震灾以来，警察早就忙得焦头烂额了。不过，这种状态也不会一直持续下去吧？如果哪天恢复如初，怎么着也得有个停车位吧。

先要有钱。总之，先要有钱才行。

回到家，多闻吃上了狗粮，和正自己的晚饭则是泡面。

"你这家伙的伙食真不赖。"

看着多闻嘎巴嘎巴地吃狗粮，和正说了这么一句话。他有些气恼自己竟会嘟囔这种事，于是粗暴地叼起一根烟。

这时来了一通电话，是麻由美打来的。

"怎么了？"

和正接了电话。

"妈醒了，可她一直吵着问我凯特到哪里去了。"

"我还会带它过去的。"

"那小家伙来之后妈的精神状态变好了，但我还是有些担心，现在她就跟个小孩子一样缠我。还有，我告诉她是你把凯特带过来的，可她一转眼又忘了。"

"把我忘了？"

姐姐没回答，只闻得一声叹息。

"就这阵子吧，我想不得不把妈送去养老院了。"

和正问:"那你手上还有钱吗?"

房贷还清后,父亲留下的保险金就只剩一丁点了。于是麻由美将那点保险金和自己仅有的一点财产全拿出来,用于照料母亲。大米和蔬菜之类的食材现在好歹由母亲那头还在务农的亲戚提供。

"姐,我真是太对不住你了。"

"这有什么好道歉的,咱们毕竟是一家人。"

挂掉电话,和正将香烟按在烟灰缸里。

"多闻,我想,还是干吧。"

和正对多闻说。多闻吃完狗粮,便趴在和正的身边。

"就是沼口说的那份工作。虽说这是我迄今为止接到的最糟糕的工作,但是我需要钱。所以,我需要你守在我的身边,就像你今天守护在我妈身边一样。"

多闻闭着眼睛,但只要和正一开口说话,它的耳朵就轻轻地抖动一下。

"不也得给你挣点狗粮钱嘛,我还是干吧。"

多闻睁开眼睛,看向和正。

它好像在对和正说——何乐而不为呢?

4

三个男人从公寓里走出来。三人都身材短小,肤色稍显黝黑。其中一人走到车边,敲打驾驶室一侧的玻璃。和正将玻璃窗打开。

"是木村先生吗?"

那个男人说的是和正的假名字。

"是我。"

"我叫米格鲁。"

男人说道,他的日语很流畅。

"他们是何塞和里奇。"

和正颔首示意。反正大家用的全都是假名字。

"快上车吧。"

米格鲁催促着另外两人。叫何塞的男人坐进了副驾驶室,米格鲁和里奇坐到车后排。

和正也不知道米格鲁说了些什么。不过他看了待在后备厢的多闻。和正特意将多闻关在笼子里。

"为什么车上会有一只狗?"

米格鲁开口问道。

"Guardian Angel[①]."

和正回了一句英语。

"哦哦,原来如此。"

米格鲁点点头,接着语速飞快地对坐在车后面的两个人嘀咕个没完。

"这只狗不会乱叫也不会胡闹,请你们放心。"

"说到 Guardian Angel,其实我们也很需要。这个词的日语

---

① 译者注:Guardian Angel 意为"守护天使"。

该怎么说？"

"'守り神'。"

米格鲁将"守り神"这个词在口中念了两三遍。

"我们出发吧。"

米格鲁话音一落，和正便拉开手刹。

车子是沼口为这次行动精心准备的斯巴鲁力狮——这车就是常说的有着手自一体变速箱的汽车，开起来就跟手动挡一样。

"我直接开到国分町就可以了？"

和正说出了闹市的名字，米格鲁点了点头。

此时正值深夜两点半，周围没有人的气息。

和正一边躲避着自动车牌辨识系统，一边朝闹市中心驶去。从开始经手沼口委托的工作起，和正调查了自动车牌辨识系统的位置，并全都记在了脑子里。

"你的驾驶技术真不赖。"

米格鲁说道。和正不过是在这条街上慢悠悠地开着，米格鲁却知道他的用意。

闹市的霓虹灯还亮着，街上的人也还有不少。和正将车停在商务街的区域里。

"半小时后，在这里会合。"

米格鲁他们下了车。多闻则继续趴在笼子里。

看不到这三人的身影后，和正才将车发动。车内的暖风太强，和正居然被热得大汗淋漓、口干舌燥。这和他自己不知不觉的紧张也有关系。

和正信马由缰地开着车，漫无目的地闲逛着。每次看到对面车的前照灯亮起,心脏就像击鼓似的怦怦直跳。为了努力使自己冷静下来,和正一个劲儿地通过后视镜确认多闻的情况。

每次他看向后视镜,多闻都探头望着不同的方向。时而看向左右,时而看向后窗玻璃,时而又看向前方。

随即和正注意到了,多闻的脑袋经常朝着南面。

"南面有什么东西吗?"

和正试着问了多闻几句,可多闻毫无反应,只是默默地将脑袋朝向南面。

约定的时间将近。

和正将车停在与那三人分开的地方,仅用脚踩住刹车,摆出随时都可以出发的姿势。紧握着方向盘的手早已被汗水打湿。虽说他将手在牛仔裤上反复擦拭,可手很快又再度出汗。

"多闻,没有什么异样吧?"

和正将头转过去,对多闻说。多闻看着和正,双眼充满着自信,好像在对和正说,没问题的,放心吧。

和正看到几个男人从楼群里出来。他们下车时拿的空包已经鼓了起来。

听说他们这次打劫的是家金店。

这帮家伙晃晃悠悠地朝和正走来,就像在哪里喝多了准备回家似的。

"快点过来呀。"

和正嘟囔道。方才他总感觉警报器随时会铃声大作,仿佛警车的鸣笛声已在耳边响起,被警车追赶的景象不知在脑海中反复出现并消失了多少次。在想象中,不论自己如何拼命开着斯巴鲁力狮逃离，最终都被警方逮捕。

"赶紧上车吧。"

米格鲁坐回副驾驶座，何塞和里奇坐在了车后排。

车门全关上了。

和正踩下油门。

"不要那么猴急。你开慢点，开慢点。冷静点，OK？"

米格鲁轻轻拍着和正攥住方向盘的左手。

"啊，不好意思。"

和正减轻了脚踩油门的力度，太过明显就得不偿失了。为了不引起警察的注意，还是应该安全驾驶，慢点开更好。

"你的守护神真是太棒了。"

米格鲁朝后方看去，多闻依旧面朝南方。

和正舔了舔嘴唇，要冷静——他一面劝告自己，一面躲闪着道路摄像头。

那帮男人则用和正听不懂的语言大声说笑着、抽着烟。如此其乐融融的场面，绝不会让人联想到他们刚刚犯了弥天大罪。

和正依旧绕着远路，让车子驶向这帮人上车的公寓。车停在距离公寓一百米远的地方。

"多谢了，木村先生。下次见。"

米格鲁微笑着下了车，其他两个人紧跟其后。多闻一直盯着这三个人，而他们头也不回地走远了。

和正用手机拨通了沼口的电话。

"今天的工作结束了。"

"哦哦，辛苦你了。回家休息吧。"

"我就是这样想的。"

"有份快递正在路上,别忘了签收。"

"快递?里面是什么东西?"

话还没说完,电话就被挂了。和正咋了一下舌头,继续向前开进。

"把你搅进这浑水里,抱歉了,多闻。咱们回家吧。"

多闻再次朝南边望去。

回到公寓后,和正看了一眼门口的信箱。里面有个茶色的信封。

和正将信封一把抓起,慌忙地回到屋子里。他将门锁扣紧,然后将多闻的脚擦干净。这段时间过去,和正才调整好自己的呼吸。

给多闻倒好水后,和正坐在榻榻米上,吸完一根香烟,然后拿起信封。

信封里面装有二十张一万日元的现金。

不过帮着转移赃物罢了,仅一个晚上就能挣来一个月的收入。

若是这样的工作每周都有一次的话……

"就能减轻姐姐的负担了。"和正自言自语着,又点燃了一根香烟。多闻已经趴在了他身边,闭上眼睛立马就睡着了。

"累了吗?"

和正小声对多闻说着,又将那沓钱数了一遍。

5

所有的频道都在报道相同的新闻。

今日凌晨，国分町的金店闯入三名强盗，盗走金银首饰、名表等物品后逃窜，涉案总额约一亿日元。

米格鲁等人的罪行从头到尾被监控一五一十地拍下，滚动播放在电视新闻上。

他们戴着头套，用撬棍破坏玻璃窗后进入店内，不慌不忙地弄坏展示柜，将珠宝和手表全都扔进包里。

从他们进店到离开，大概用了五分钟。

警方认为，从熟练的犯罪手法来看，这是一起有组织的犯罪团伙作案——新闻播报这样讲道。

"不是吧……"

和正看到电视内容后，身体开始颤抖。虽说自己只是负责开车，没有参与其他事，可如果参与此次犯罪的行为被发现，那铁定会被视为共犯的。

即便是那二十张一万日元也无法慰藉此事。如果麻由美知道这笔钱的来历，一定会感到悲痛吧。

"不过，钱毕竟是钱啊。"

和正自我安慰道。

要想活下去，就必须有钱。况且，和正有老年痴呆一直在恶化的老母，还有为了照顾母亲已经牺牲了自己的姐姐。

要有钱，只要能够挣钱，不论做什么工作他都愿意。然而，由于震灾，现在什么工作都做不成。

和正慌不择路，结果走到了米格鲁团伙那条邪路上。

虽说这是犯罪，可现在别无他法，只能铤而走险。如果不干这份工作的话，母亲和麻由美的生活就很难维持下去了。

"多闻，咱们去散步吧。"

和正对趴在身边的多闻说。多闻听到后迅速起身，朝玄关跑去。那样子就像是在这个房间生活了很多年一样。

住在这里的人几乎都是单身。现在这个时间住户们都出门工作了，即便和正带着多闻从房间里进进出出，也不会被人发现。

一人一狗漫无目的地走着。和正在网上查了养狗的方法，上面写着，每天最少带狗散步两次，每次散步要在半小时以上。

多闻并没有拽着狗链拖着和正，而是与他步调一致地走着。多闻必定走在和正的左侧。顶多是遇到电线杆或者广告牌这种地方，多闻会为了撒尿而拉停和正站定，除此以外它都很温驯。

"之前的主人对你训练有素呢。"

和正叹息道。他熟悉的宠物狗多是小型犬，总爱拽着狗链到处乱跑，见到生人或其他狗的身影就会歇斯底里地玩命叫。

多闻和那些狗截然不同。它信任牵狗链的人，但并不会把自己完全托付给对方，而是坦坦荡荡地走着。它和人的关系就像意气相投的搭档。

和正本想在巷子里左转，结果差点和多闻撞上。因为多闻想向右转。

"怎么回事？你这家伙想去那边吗？"

反正这次散步也是漫无目的的，和正便决定顺着多闻想去的地方继续走。

在下一个巷口，和正本想右拐，多闻却反抗不走。它想继续往前。

"不可以，直行就到大马路上了。那里的人和车都太多，不好走的。"

但是多闻却冲着前方不走了。

"都说走这边啦——"

打算拽动狗链的时候，和正忽然发现，多闻想去的地方一直都朝南。

"喂。南面到底有什么啊？是你原先的主人在那里，还是说你以前住的地方在那里……"

"你如果能说出要去哪儿，我也想带你去，但我不知道你想去的地方究竟在哪里，就没办法啊。抱歉了，多闻。"

和正轻轻牵了一下绳子，这次多闻老实地服从了。他们在巷子里右转，和之前一样向前走下去。

多闻就是想去往南方。

和正对此深信不疑。

※

和正清洗多闻吃狗粮用的碗时，沼口打来了电话。

"你看新闻了吗？"

"看了。"

"不愧是你，技术简直一绝。"

"那帮家伙到底是些什么人？"

"具体的老子也不知道。他们好像先是在东京和大阪活动的，后来开始在全国各地作案。在这里的这段时间，他们拜托我照应着。作为回报，那伙人会将搞来的钱按百分比分给我当作报酬。"

"原来是这样。"

听说这次盗窃金额大约有一亿日元。按百分比分的话，沼口的腰包里应该滚入了好几百万。即便支付给和正二十万，他还是稳赚。

"那么回头见，下周还得拜托你。"

"下周？真的假的？警方已经顺着线索搜查了。"

"这帮家伙一般在短时间内大发横财后就会搬到下一个城市。"

和正压住了自己的叹息。他的期待落空了，原来那二十万的报酬并不能定期获得。

"那个叫米格鲁的家伙跟我说，他很是喜欢你的守护神。'守护神'到底是什么？"

"就是狗啊。"

"那只狗吗？米格鲁那家伙真是个怪胎。算了，总之就先这样吧，详细情况等决定好了再通知你。"

"好的，我等你联络。"

和正挂掉了电话。

"果然，哪有那么多天上掉馅饼的美事。"

和正对多闻说，多闻转过脸来看着和正。

就是这样啊——和正仿佛听到了它的回答。

※

母亲将和正忘得一干二净,却清楚地记得多闻。

她满脸笑容地冲多闻招手,喊着"凯特、凯特",不断地抚摸着它。

多闻也一副乐在其中的神情。

"姐,能过来一下吗?"

和正将麻由美叫到厨房。

"怎么了?这么突然。"

"这个给你。钱虽不多,但作为家里的贴补,拿去用吧。"

麻由美接过信封,里面塞有十万日元。确认完信封里面的钱后,麻由美皱起眉头。

"这笔钱是怎么回事?"

"额外收入罢了,是我这两天玩小钢珠赢来的钱。"

这是和正事先准备好的说辞。

"玩小钢珠,你这个家伙,这不是在赌博吗?"

"还到不了赌博的程度。我也就是用它打发时间,偶尔赢几把。"

"少在我这里得意忘形,以后不许再玩了。"

"知道啦。"

"终归还是感激你为我做这些,真是帮了我大忙。"

麻由美将茶色的信封按在心口,难为情地冲和正低头致歉。

"别这样。咱们不是家人嘛?"

"话虽如此,还是要感谢的。对了,你工作还顺利吗?"

"顺利。我已经适应了不少，差不多也该涨工资了。虽然涨那点钱也是杯水车薪。"

和正告诉麻由美，自己是开车送快递的。麻由美也认识沼口，如果让她知道自己是在沼口手底下打工，恐怕只会让她产生不必要的担心吧？光是照顾母亲，她就已经自顾不暇了。和正不想让她再为自己的事惶惶不可终日。

"你别总是乱花钱，记得存点钱吧。今后妈的症状要是加重了，我一个人肯定照顾不过来。真到了那个时候，可是很需要钱的。"

"爸的保险金还剩多少？"

"还剩三百多万。"

"只剩这些了啊……不行我就去东京打工吧。"

"你要是考虑清楚了就去做吧。"

麻由美一本正经地回答道。

这时，母亲的房间里传来了开朗的笑声。平时听见老母愉悦的笑声感到很舒心，可现在姐弟俩一想到母亲的病症，却是心如刀绞。

"咱们带着多闻一起去散步吧。"

麻由美点头，赞同了和正的提议。

"有这个小家伙在，妈好像很享受出门散步。平常她一直都把自己关在房间里。"

麻由美把装有现金的茶色信封塞进牛仔裤屁股后面的口袋里，然后将围裙从身上解下来。

"妈，咱们带着凯特一起去散步吧？"

"去、去。"

母亲的答话声仍带着小女孩的稚嫩。

※

一家人另辟蹊径走了不同于之前的路线,一番长途跋涉才到了名取川。穿过田间小路,一路走近岸边。这里有一片像小公园一样设施齐全的区域,步道纵横处,皆为长椅当歇。

和正他们占了一整张长椅,和正把一直提在右手的购物袋放在了空地上。过来的路上,他顺道去了趟便利店,准备了些三明治、饭团还有饮料。

"真是让人舒服的天气呢。"

麻由美抬眼望向天空。晴空万里,气温却不冷不热。一路走来浑身汗津津的,被河川上刮来的风儿吹拂过后,身心舒爽。

"妈,你想吃哪个?"

和正问。

"火腿三明治吧。"

母亲不假思索地答道。和正笑着把三明治的包装拆开,然后将插好吸管的纸盒装的橘子汁递给母亲。

"能给凯特吃吗?"

母亲拿着三明治,问麻由美。

"不可以。人类的食物对狗而言可是有毒的。"

母亲闻声神色变得低落,和正从购物袋里掏出鸡胸肉肉干:

"妈,这个可以给它吃。"

"真的吗？"

母亲接过装有肉干的袋子。多闻竖起了耳朵，它应该还记得与和正第一次相遇时，和正给了它肉干吧？

母亲递给多闻肉干吃，多闻的尾巴夸张地摇晃着，大口吃起了肉干。

"凯特真是个乖孩子。"

母亲一边微笑着，一边凝视着多闻。

"妈也吃点东西吧。"

在麻由美的催促下，母亲大口吃起三明治，食物塞满了嘴巴。

"咱们也一起吃吧，我的肚子都快饿扁了。"

麻由美吃着土豆沙拉三明治，和正吃的是明太子饭团。他们的饮料是瓶装乌龙茶。

吃完饭后，和正起身离开长椅，独自去抽烟了。

母亲不停地对多闻说着话，麻由美则笑着守在母亲和多闻身边。

不论怎样看，她们都像是一对关系极好的母女。初秋温和的阳光投射在多闻身上，点缀出一幅绝美的风景。

和正抽完烟回到长椅前，发现麻由美的双眼湿润了。

"姐，你怎么了？"

麻由美遮住眼睛。

"就忽然觉得好幸福啊。最近，我的精神太过紧绷了。能在这么好的天气里一边吃着便当一边听到母亲的笑声……感觉自己仿佛在天堂里一样。想到这儿，眼泪就流下来了。"

和正拍了拍麻由美的肩膀以示宽慰。

"半年前还仿佛在地狱里一样呢,就更容易这样想了。"

"这都是多闻的功劳。"

和正说。

"是啊。多亏了这小家伙,妈才打起精神了。也正因为这样,一家人才能一起出来散步。真是多亏了它。"

也许多闻知道还有肉干,于是直勾勾地看着母亲。母亲很开心,她将多闻的举动视为对自己爱的表现。和正已经忘记上次看到母亲这样笑是什么时候了。

和正闭着眼,感受阳光穿透眼皮,母亲的笑声传入耳中,还有麻由美啜泣的声音。

是啊,这里或许就是天堂,温暖、祥和且幸福。

是多闻把和正他们带到了天堂。

6

米格鲁等人上了车。和之前一样,何塞坐在副驾驶座。米格鲁坐在后座上扭过身子,将手指插进笼子的缝隙,抚摸多闻的下巴。

"今天守护神也在,工作肯定会很顺利。"

米格鲁说。

"你好像很喜欢多闻呀。"

和正踩着油门说。

"'DUOWEN'是什么意思?"

"这个嘛。"和正歪着头想了想,"这是只走失的狗,它的项圈里写有'多闻'的字样,我猜那就是它的名字。"

"走失的狗,是震灾导致的吗?"

"大概是吧,不知是和主人走丢了还是主人死掉了。"

米格鲁再次将身子扭过去,冲着多闻说话。虽说讲的都是些和正听不懂的话,但应该是在说多闻可怜之类的吧。

米格鲁好像很喜欢狗。

沼口吩咐和正,今晚要将米格鲁一行人送到地铁南北线的长町南站。

一行三人在地铁站出口附近下了车。

"半小时后在这里会合。"

米格鲁话音未落,便消失在夜晚的街道中。

和正和上次一样漫无目的地开着车,三十分钟后回到原地。他们三个很快就现身了。依旧与上次一样,不慌不忙。

和正与上次相比冷静不少。凡事都是习惯成自然。

这次和正没有多说,只顾开车,一路避开自动车牌辨识系统。

远处响起警车的警笛声,但并没有朝他们开来的迹象。

米格鲁一行人不愧是专业团伙,手法娴熟地洗劫了一家金店,并在警方赶到前脱身。

估计他们在行动前就谨慎地踩过点了吧。预先做好万全的准备,不打无把握之仗。

车和之前一样,停在离公寓有一段距离的地方。何塞和里奇快速下车离开,只有米格鲁还留在车上。

"有什么事吗？"

和正问，气氛显得有些紧张。

"你的守护神能否转让给我？"

米格鲁说道。

"把多闻转让给你？不可以，它可是我的狗。"

"给你五十万如何？"

和正听到这个金额，强行咽下了差点脱口而出的那句"赶紧给我下车"。

"五十万？"

"只要你将狗转让给我，我就付钱。"

"你怎么会给我这么多钱？"

"因为这是只好狗，是幸运的守护神。我想带着它。有它在，我们多半就不会被警察抓住了。五十万不行的话，一百万怎样？"

和正动摇了，连续工作数月都未必能挣来的钱，现在立马就能赚到手，只要将多闻转让给他就可以了。有了一百万，麻由美也能轻松一下。虽说有点舍不得多闻，但它只不过是一条捡来不久的狗。想想母亲和麻由美的幸福，便觉得卖掉多闻也不足为惜。况且，米格鲁好像是个爱狗的人。他一定会珍惜多闻，好好爱护它的吧。

多闻与和正四目相对，它紧盯着和正的眼睛仿佛能穿透人的内心深处

"不行。"和正摇了摇头，"多闻是我的家人。不论你加多少钱，我绝不可能卖了它。"

"这样啊。虽说有些可惜，但我明白你的心情。狗是很重要

的家人，这话说得一点没错。"

米格鲁下车前对多闻说了些什么，全都是和正听不懂的话。

"下次还请你多帮忙。请务必带上守护神一起。"

和正点头同意。米格鲁转身大步离开了。

"抱歉了，多闻。我刚才想了不该想的，即便只想了那么一小下。明明是你将我们全家带到天堂的……"

车向西面驶去，驶向位于东北机动车道的高速出入口。那是与公寓截然相反的方向，可和正此刻不想直接回家睡觉。

很久没有开车疾驰了。

后视镜中的多闻依旧脸冲着南方。

※

和正将车停在仙台东部道路上的仙台机场出入口处，朝大海走去。其实自震灾之后，他一直不愿靠近大海。海啸造成的灾害痕迹至今清晰可见。

他还会感到害怕。

即便如此，他仍然想再看一下大海。地震已经过去了半年多，如今家中新添了多闻这名成员，是时候重新整顿心情了。

震灾之前的家和仓库已经消失了，就连防风林也被海啸吞噬，不见了踪影。

和正停下车，将多闻放下来，一同向海岸走去。黎明将至，地平线附近逐渐被染成红色。白天舒适的风此刻吹在身上凉凉的，秋天近在眼前。

夜幕下月隐星耀。浪花拍打海岸的声音无限寂寥。

和正一言不发地在海岸线上漫步,先是朝北走去,多闻乖巧地跟在后面;随后他身子向右一转,又掉头往回走。这时,多闻的步速忽然变快了。

不知怎么回事,好像有什么东西拉着多闻往南走。

和正解开了狗链。多闻停下脚步,回头看向和正。

"去吧。"和正说,"你不是想去南方吗?你等的人应该在那边吧?是对你很重要的人吧?好了,你走吧。做你想做的事去吧。"

和正自己也不明白为什么会对多闻讲出这样的话。

多闻很惹人怜爱。如果没有多闻,不单单是自己,母亲也会感到寂寞吧?母亲的病症或许还会恶化。

即便如此,还是有一个声音在和正内心深处低声道:"应该让多闻去做它想去做的事。"

"走啊!"

和正说道。多闻看了眼和正,接着将脑袋冲向南方,把眼睛眯成一条缝,摆出嗅着什么的姿势。它的脚开始发力,好像随时要奔跑起来。

和正嘴上说着让人家走,心里却在害怕——如果它真跑了,可该如何是好。

可多闻也是有家人的,现在只是和他们被迫分开了。和正一家对多闻而言,不过是它寻找家人之路所碰到的过客罢了。

和正模模糊糊地明白了这一点。既然明白,就不能强行拴住多闻。这样做仿佛是一种背叛,对多闻给自己的爱的背叛。

多闻放松了全身，也不再嗅着味道，朝和正所在的方向走过来，撒娇似的用身体蹭着和正的大腿。

"你不走了吗？"

和正问道，多闻摇着尾巴。

"真的要留下来吗？真的这么想跟我在一起吗？"

多闻继续蹭着和正的大腿，没有要走的意思。

"谢谢你。"

和正说，这是他发自肺腑的话。至今为止，他从未对谁有过如此强烈的感激。

"谢谢你，多闻。"

和正弯下腰抱住多闻，多闻将鼻子贴在和正脸上。它的鼻子像冰一样湿冷。

7

"你又去玩小钢珠了？"

麻由美看到和正递过来的钱，眼珠子都要瞪出来了。

"是的。正所谓新手手气壮嘛。"

"我不是说过让你以后不要再赌博了吗？"

"知道了，以后不再去了。好运气差不多也快用完了吧。"

和正与麻由美从店里出来，朝车子走去。和正提议偶尔开车带全家人一起去兜风，这次决定前往藏王一带游玩。

半道上母亲嚷嚷着肚子饿了，看到一家面包店，就进去买夹心面包了。

"你每天都带着多闻过来，车也换成了新的……你最近到底在做什么？你分明没有在工作啊。"

麻由美的眼神好像看透了一切。

"小钢珠赢钱了，所以最近才没有工作。"

和正试着插科打诨糊弄过去，但麻由美依旧严肃地看着他。

"你没有帮别人干些乱七八糟的事吧？"

"乱七八糟的事是什么意思？"

"听说你在帮沼口工作？这事是真的吗？"

"沼口？那个混混儿？别开玩笑了。"

和正一脸认真地否定。麻由美的直觉一直都没错。

"听我说，和正。"

麻由美一把拉住和正。当麻由美直呼别人大名的时候，就意味着她要发飙。

"你是全家唯一的指望，知道吗？你要是不脚踏实地的话，我和妈该怎么办？"

"我都知道啊。"

和正噘着嘴。

"不会有既轻松又划算的工作。听说现在在复兴灾区，施工现场很缺人手。只要你不对工作挑三拣四，工作有的是。"

"我都说我知道啦，难得开车来这里一趟，就不要说那些扫兴的话了。"

和正推开麻由美的手往前走。坐在车后的母亲在发笑，她正在跟关在后备厢笼子里的多闻说着什么。

姐姐的话忠言逆耳，但和正不想在妈妈难得高兴的时候破坏气氛。

"我会踏实工作的。"

和正转头看了看姐姐，径直上车去了。

米格鲁他们很快就要从仙台离开，报酬丰厚的工作就要没有了。不干活就没有饭吃，以前一直很抵触体力活，今后恐怕也无法再逃避了。算了，现在考虑这些没什么意义，还是先撇清和沼口之间含混不清的关系吧。

"我给你买了火腿三明治。"

和正将购物袋递给母亲，里面有她最喜欢的三明治。

"多谢了，阿和。"

母亲答道，和正心里一热。在上初中之前，母亲一直称呼他"阿和"。虽说母亲脑海中的记忆混乱，但她此刻确实是认得和正的。

"凯特好像想去散步。"

"很快就会到一个大型公园，咱们去那里散步吧。"

"好的。"

麻由美坐进副驾驶室后，和正便发动了引擎。

"好喜欢凯特呀。"

母亲说着咬下三明治。

"我们都喜欢凯特呀。"

和正转动方向盘，将车向后倒。

"凯特说它也最喜欢我们了哟。"

母亲看上去真的很幸福。

※

沼口再次打来电话,是第二起案件发生后的第十天。

和之前一样接应米格鲁他们,在指定的地方放他们下车,之后再把他们送回去。

工作很简单,警察也不太可能追过来,毕竟米格鲁他们是专业的。

"估计这会是那帮家伙在仙台的最后一次行动。"沼口说,"怎么样,如果米格鲁他们走了以后还有类似的工作,你还接不接?"

"就到此为止吧,老妈和姐姐都很担心我,我也想找一份正经的工作。"

"这样啊,我也不会强迫你。那么,这次就拜托了。"

沼口笑着挂了电话。

至今为止和正拿到手的报酬,有一半交给了麻由美,剩下的一半一直没动。如果这次的行动能顺利完成,就能拿到二十万。有四十万现金在手上,也勉强能糊口了。就在这段时间里找一份正经工作吧。

"咱们出发吧。"

和正对多闻说道。多闻趴在玄关旁边,听到和正的声音立马站起身来,伸了个懒腰。

看它的样子,好像知道今晚会有行动似的。多闻大概从和正的行为举止中察觉到了这些,它很擅长察言观色、揣摩人心。

打开后车门后，多闻纵身跳入后备厢，直接钻进笼子，等着和正将车门关上。

"这是最后一次行动了，你一定要好好守护我啊。"

和正朝多闻双手合十，多闻则打着哈欠。

十月将至，气温逐渐变得寒冷，呼出的气有些泛白。

和正坐上车，一边发动车子，一边咂着香烟。为了不让多闻吸到二手烟，他打开车窗，车内的温度一下子就降了下来。他冷得受不了，只好灭了烟，把车窗也关上了。

"我还是头一次在吸烟的时候考虑到别人的身体健康呢。"

和正对多闻说，多闻则将脑袋朝向南方。

和正在老地方接到了米格鲁一行，米格鲁今晚也坐在车后排，冲着多闻露出微笑。

"去国分町。"

"怎么还去那里？"

头次犯罪就是在国分町。

在同一片区域干第二票，这绝不是正常人能干出来的事。

"警察现在疏忽大意得很，他们觉得我们肯定不会在最开始的地方再次作案。"

和正点点头，将车开往国分町。毕竟米格鲁他们是专业的，身为外行的自己就不必插嘴了。

"今晚是在仙台的最后一次。"

米格鲁开口道。

"所以，我再问你一次，你的守护神能否转让给我？"

和正摇了摇头。

"不行。"

"是吗？"

米格鲁笑了笑，之后再也没有提过这个话题。

米格鲁一行在国分町的外侧下车后，和正依旧是漫无目的地开车乱转。正如米格鲁说的那样，他并没发现巡逻车和警察的身影。毕竟最初的案件至今已过去了将近三个星期，这边的搜查差不多已经结束了。

三十分钟后，和正把车开回到原先的地方，米格鲁他们也上了车。三人依旧是那么冷静，连一点汗都没有出。

"木村先生，多谢你一直以来的帮助。仙台真是个好地方，还想再来一次啊。"

"接下来你们要去哪里？"

后视镜中，米格鲁露出了意味深长的微笑。

"这是个秘密。"

"说的也是，我居然会问这么蠢的问题。"

和正闭上嘴，专心开车。那三人则放开了聊着天。或许因为这是在仙台的最后一次作案吧，气氛也轻松了不少。

已经能看到米格鲁他们的公寓了，和正放慢了油门。

"嗯？"

后视镜中的多闻显得有些奇怪，它的目光凝滞，头朝着公寓的方向。

它一直都是面朝南方的，今天是怎么了？

和正疑惑地踩住刹车，车还没停稳，多闻便开始低吼。

"怎么了，多闻？"

和正拉上手刹，回头望去。这是多闻头次发出这种声音。

突然，米格鲁不知喊了句什么。就在何塞和里奇准备下车的时候，前方十几米外的一条巷子里飞奔出三个来历不明的人，手中挥舞着金属棒和铁管。

车后的巷子里，又出现了另外三个人的身影。

"开车！"

米格鲁大叫。和正拉开手刹，挂上D挡。何塞上车了，坐在副驾驶室的里奇却磨磨蹭蹭，一只脚还伸在车外。

"快开车！"

米格鲁说。

"可是里奇他——"

"要是不想死，就给我赶快开走！"

米格鲁的话让和正反射性地踩下油门，里奇摔倒在地上。那群男人不知怒骂着什么。

"快快快！"

米格鲁喊道。

"但是——"

一个男人堵在车的前头。和正转动方向盘，车在地上蜿蜒疾行，轮胎发出阵阵哀鸣，勉强躲开了那个男人。

旁边冒出一辆丰田轿车，方向盘一拐，和正眼前出现了一堵墙。

和正踩住刹车，车离墙越来越近，撞上了——和正将头低下。就在听到多闻叫声的瞬间，猛烈的冲击让他陷入黑暗之中。

※

和正呻吟着，他感受到剧烈的疼痛。头在痛，喉咙在痛，侧腹也在痛。车里全是烟，呛得他不住地咳嗽，痛苦地颤抖着。

他的意识逐渐恢复，原来是车子正面撞上了丰田轿车的侧身。

"多闻！"

和正叫着多闻，但多闻没有回应。他忍着疼痛解开安全带，想将车门打开，但怎么也打不开。车门也许在猛烈的撞击下变形了。

"拜托。我怎么样都无所谓，多闻它现在需要帮助。"

和正用肩膀撞击车门，门开了，他摔倒在地上。想站起来，却发现下半身怎么都使不上劲儿。有汗水流进眼睛，和正伸手去擦，才震惊地发现自己摸到的不是汗水，是从额头流下来的鲜血。

好冷，像要冻僵了似的，和正浑身发抖，连牙齿都在打战。

他听到了呻吟声，于是在柏油路面翻滚着身体，寻找声音的主人。

几个男人和自己一样在地上翻滚着，是那群从巷子里冲出来的男人，金属棒和铁棍也散落一地。

多闻在哪里？米格鲁又在哪里？

和正转过头。

他看到了米格鲁，却不见何塞和里奇的身影。

路边的灯光照在米格鲁身上，他浑身沾满了鲜血，右手握着一把弹簧刀，左手握着一根绳子。

绳子？

不对，是狗链，是多闻的狗链。顺着狗链望去，和正看到了多闻，它就在米格鲁的身旁。

"多闻！"

和正大喊，但嘴里发出来的声音异常微弱。即便如此，多闻还是停住了脚步，回头望向和正。

"多闻……多闻。"

多闻朝和正跑过来，但狗链抻直之后，它又被拽回米格鲁的身边。

"给我等一下，多闻——"

和正伸出手，然而米格鲁抱起多闻就跑了。

"多闻……"

和正还在颤抖着，身体也越发疼痛。

多闻会被米格鲁带到哪里去呢？母亲还有姐姐又该怎么办？

米格鲁和多闻的身影不见了。

"原谅我，妈、姐姐。"

和正喃喃着，闭上了眼睛。

小偷与犬

1

米格鲁将刀刃折叠收起,塞进了牛仔裤的屁股兜里。

每次拽动狗链时,狗都会发出刺耳的犬吠,像是在怒斥米格鲁,它还在苦苦寻找主人的身影。

狗虽然可怜,但那个日本人不可能还活着,那场车祸是相当惨烈的。

远处还能听到怒吼声,黑社会的人还在寻找米格鲁。

"走吧。"

米格鲁轻轻拽了下狗链,想引起狗的注意,他急着赶路。

他东躲西藏,躲避着刺眼的光亮,隐身黑暗之中。哪怕是在米格鲁不熟悉的地方,他也能轻松地找到黑暗。

自记事起,黑暗就是米格鲁的安身之所。

一路前行中,狗渐渐不再频频回望。真是个聪明的家伙——米格鲁暗自思忖——知道以前的主人不在了,就视我为新的主人。

这只狗并没有忘记那个日本人,只是为了活下去而不表露对上一任主人的依恋与爱意。

"好孩子。"

米格鲁抚摸着狗的额头，这只狗就是守护神。只要和这只狗在一起，米格鲁就能避开所有的灾祸。

"DUOWEN?"

米格鲁试探着叫了从日本人那里听来的狗名。

那只狗——多闻，将脑袋抬起。

"多闻，从现在开始，你就是老子的狗了。"

米格鲁如此告诫多闻。

※

投币式停车场里停着一辆车，是米格鲁为意外发生时逃跑所准备的，前一天他刚将车停在这里。

那是一辆四轮驱动的二手德国大众，就连高桥都不知道米格鲁留了一手，把车停在了这儿。

米格鲁把多闻赶进后备厢，投币结了车费后静悄悄地驾车离开。

多闻一直都安安静静的。

它不仅聪明，还很有胆魄。若是条野狗，定是统领狗群的王者。米格鲁深信，多闻资质不凡。

米格鲁开着车在羊肠小道中钻挤着向南驶去，他已经习惯了在移动到下一个城市之前确认好车辆监控系统和天眼摄像头的位置，必须避开这些，以免给警察留下行踪。

逃离仙台后，他走国道逃往名取市。米格鲁紧压着最高时速，时不时地张望后视镜，查看其他车辆的动态。

车后并没有追踪者。

何塞和里奇肯定被捕了,如果他们还活着,现在应该正在接受拷问吧?不过,这两个家伙可不知道自己逃往何处。

"对不住了伙计们。"

米格鲁将叼在嘴里的烟点上火,随后将车窗开到最大,留意着不让烟飘到后备厢里。

吸烟仅仅是人类的恶习,没必要让狗也跟着受害。

"你还想着那个日本人吗?"

米格鲁用自己的母语问多闻。从后视镜里,他看到多闻始终笔直地朝前望去。

说起来,以前跟车的时候,多闻就经常将脑袋冲向南方。

多闻想要前往南方。

"南边有你的家人吗?那个日本人不是你的家人吗?"

多闻一声不吭。

※

便利店的停车场并排停放了好几辆大型卡车,米格鲁也挤了进去,将自己的德国大众停在那里。

他进店买了夹心面包和果汁等食物,还买了狗粮,将买来的东西全都放在车子的后排座位上,然后一面拨通电话,一面在停车场上的烟灰桶附近吧嗒吧嗒地抽起烟来。

"我们被高桥出卖了。何塞还有里奇有可能死了,也有可能被抓了。"

米格鲁通话时说的是英语。

"你们在日本挣了多少钱？"

"谁知道呢。我们只管偷，就挣点手续费。"

"大概是想把那些手续费都拿回来吧？我听说高桥那伙人正为钱的事发愁呢。"

米格鲁一时语凝。他早已料到是这么回事，但这黑吃黑的手段也太脏了。

"我想离开日本，希望你能帮我。"

"这很困难。不行你先去韩国或者俄罗斯吧。从那边出发回老家的话，倒是可以帮你。"

"要是能出境，不用你们帮忙我也能回国。"

"我知道，但如果是现在想直接从日本出境，我可帮不了你。"

"行了，回头再联络吧。"

米格鲁挂掉电话，重新点了根烟叼在嘴里，他一边吞云吐雾，一边在脑海中推出日本地图。

他不断回忆着，想起在日本工作过的同行们说过的话：

要想从日本逃到海外，首选新潟。不论是朝鲜半岛还是俄罗斯，从新潟出发都能抵达。

"新潟啊……"

米格鲁将烟掐灭，回到车上，坐到车的后座。多闻越过座椅，将鼻子凑了过来。

"肚子饿了吧？"

米格鲁用自己国家的语言对多闻说，多闻抽动起鼻子。米格鲁将狗粮打开倒入碗中，放在后备厢的底板上。

多闻一边嘎巴嘎巴地吃着饭，一边毫不懈怠地警惕着四周。

多闻的背毛微微竖立，仿佛在说：虽然现在阴差阳错要跟着米格鲁一同动身，但这不代表我们成了伙伴。

"你真是一条既聪明又勇敢的狗啊，而且很重感情。"

米格鲁喃喃道，他无论如何都想让多闻成为自己的狗，他要夺取多闻对上一任主人的爱。

一定要带着多闻一起走。这样的话，就不能坐飞机离开日本了，只能坐船从海上走。

"从新潟出发啊……"

米格鲁坐回驾驶室，随后发动了引擎。

2

车停在能见到海滨沙滩的地方，被海啸冲毁的建筑物废墟又随浪涛打回了海岸边。

那场大地震已经过去了大半年，南相马市却毫无复兴的迹象。

多闻从车里被放了出来，它的身上还拴着狗链。米格鲁无精打采地在海边踱步，不需要牵着多闻，它也会紧随左右。

"Good boy."

米格鲁用英语说道，可多闻却没有丝毫反应。

"到底是谁在南边呢？"

他明白狗不会给自己确切的答复，却又忍不住不问。

多闻抬起一只脚在草丛里撒尿,这便是它的回复。

"随你便了,过不了多久,你这家伙就会把我当回事了。"

周围人迹罕至,也许人们对海啸还记忆犹新,不想靠近岸边也是情理之中。

沿着海岸线走了十多分钟,米格鲁见到了眼熟的房屋。那栋房子原先是水产品加工厂,海啸几乎将工厂摧毁殆尽,只剩下水泥外墙和天花板。公司倒闭之后,就无人再来拜访过。

米格鲁带着多闻走进这座建筑,站定并闭目许久。再次睁开眼睛,即便是环境昏暗,他也能辨别工厂内部的样子了。

工厂深处堆积着报废的机器和一些残骸,还有像路障一样的东西。在这些杂物的对面,有一扇能通往其他房间的门。米格鲁和他的同伙推测过,那间屋子曾经是工作人员的更衣室。

米格鲁将多闻的狗链反拴在一个桌脚上,随后将路障破坏掉。这是他们三人组设立在这里的路障,一个人破坏这东西是相当消耗体力的,米格鲁却一声不响地清除了这些。

三十多分钟后,一道门出现了。不知是不是在海啸袭来的时候被什么东西撞到了,门发生了肉眼可见的变形。米格鲁转动门把手,用身体给门施加重量,在嘎吱嘎吱的响声中,那道门终于朝里打开了。

工作人员用的储物柜依旧保持着一个月前的样子,迎接着米格鲁的到来。只有左边的柜子上挂着一把崭新的锁,是一款数字组合的密码锁。

米格鲁转动出正确的数字后,锁开了,柜子里装有一个小型行李箱。

他开始确认里面的东西,行李箱里装满了一万日元的钞票,那是来日本之后完成任务的报酬。

有了这笔钱,就足够自己在老家挥霍一生,前提是只够自己一个人的。

如果需要养家糊口,至少还需要两三倍的钱。

如果还要分给何塞和里奇,必须再需要近十倍的钱。

为了挣到这笔钱,米格鲁等人在高桥的诱惑下来到福岛县,被教唆在震后动乱尚存的时候大肆盗窃。

不得不说,这比在东京、大阪工作要简单很多,但是,米格鲁也很心痛。

盗窃之余,他震惊于那些痛失家园并永失至亲的受灾者的惨状。

这些人与小时候的自己重叠在了一起。

米格鲁在一座垃圾山上出生并长大,那个用白铁皮和纸箱子搭建的、只有顶棚的家简直难以称为家。家里很穷,自米格鲁记事开始,就在垃圾山中寻找能够卖钱的东西。

贫穷、困难、痛苦,唯有家人让他咬牙坚持下去。

然而,这片灾区却有很多人连家人也失去了。米格鲁他们便是从这些人身上盗取财物。虽说不是直接从受灾者身上盗窃,但是心情都是相同的。

一切都是为了挣到钱后让家人幸福——米格鲁这样开导自己,犯下一桩又一桩罪案。

报酬便是这小型行李箱中的钱。

"咱们走吧。"

米格鲁将多闻的狗链解开，右手拉着小型行李箱，左手握着狗链。

"必须把这笔钱分给里奇还有何塞的家人。"

此话一出，多闻便竖起了耳朵。

"盗亦有道。剩下的钱就当作我的本金，我可以干个买卖。这样一来，姐姐也会开心，我们也能买个房子了，我真的不想再当小偷了。"

多闻转过头，原来停车的方向与多闻想去的南方截然相反。

"直直往前走吧，上了车，咱们还要往南开。"

米格鲁对多闻说了谎，前往新潟需要向西行驶。

高桥他们一定迫不及待地寻找着米格鲁的行踪吧？为了这笔钱。那就避开高速，在普通公路上慢慢往新潟开吧。

回到车上后，多闻就进了后备厢，很快便趴下了。米格鲁抚摸着它的后背，松软的毛发摸起来格外舒服。

"我的故乡对你而言估计会很热，不过不用担心，室内空调冷气十足。"

行李箱被放在车子的后排，米格鲁从中取出数张一万日元装进钱包里。

"肚子饿了。"

米格鲁嘴里叼着烟嘟囔道。

※

米格鲁决定在群山市郊外的一家购物中心的停车场过夜。

他只买了夹心面包和罐装咖啡当晚饭，胃发出声音表示抗议，但米格鲁并没有理会。

饥饿感是米格鲁的老友了，从小他就与饥饿相伴。

米格鲁钻进后备厢，蜷着腿躺在里面。他并不想念床铺被褥，这里已经比没有床铺的垃圾山好上数倍了。

米格鲁将手放在趴着的多闻背上，多闻一动不动，刚才它已经知道米格鲁对自己没有敌意。

"你在找失散的伙伴吗？"

米格鲁问。不过多闻什么反应也没有。

"听不懂外国话吗？非得日语不行吗？"

多闻闭上眼，像是在说："我不想和你这种人聊天。"

"真是只高冷的狗啊。"

米格鲁微微一笑。

"我的第一个朋友也是狗，它是只野狗，又脏又瘦，但和你这个家伙一样，也很高傲。"

米格鲁自顾自地说着，多闻已经睡着了。

有许多人和米格鲁一家一样，在那座垃圾山上生活着。

大家全都一样贫穷，住在只有屋顶的房子里，在垃圾山中寻找值钱的东西维持生计。这些人中既有伙伴，也有竞争对手。为了生存，必须抢在他人前面找到宝藏。

在垃圾山中生活的孩子们中，米格鲁是年纪最小的那个。比他还小的，估计就只有小娃娃和走路摇摇晃晃、刚出生不久的婴儿了。

比他年长的少男少女平日会和米格鲁一同玩耍，可一到工作的时候,这些人就会变成残酷的掠夺者。

那帮家伙只要发现米格鲁找到值钱的东西,就会神不知鬼不觉地窜出来,将其夺走。

米格鲁拼命反抗,怎奈力气比不过他们,只能哭着入睡。他也曾跟姐姐还有父母哭诉过,却被训斥:"为什么你这个白痴不在他们发现前把东西带回来?"

终于,米格鲁不再控诉。他离开了一同嬉闹的孩子群,在垃圾山上默默翻找值钱的东西。又因为不和那群孩子游戏,米格鲁被视为异端,他们的巧取豪夺也变本加厉,有殴打,有辱骂,甚至朝米格鲁吐口水。

有一天,米格鲁捡到一把生锈的小刀。那是一把折叠式小刀,但是刀柄已经破破烂烂,刀刃也被红锈覆盖,难以打开使用。

于是米格鲁从垃圾山捡回破布和砂纸,极具耐心地磨掉刀上的铁锈。过了一个多月,小刀恢复了原有的光辉。米格鲁又在石头上打磨起刀刃,还给刀柄缠上了比较漂亮的破布。

数日后,米格鲁在垃圾山挖掘的时候故意大喊一声,假装自己发现了宝物。

那帮掠夺者立刻飞奔而来,威胁他交出找到的宝物。

米格鲁见势从怀中掏出小刀,朝站在最前面的少年捅去。

一声惨叫,血水四溅。

米格鲁拼命捅刀,忽然不知被谁攥住了手腕。紧接着,他被众人按倒在垃圾上,小刀也被夺走,无数拳脚排山倒海般向他袭来。

当父母赶来的时候,米格鲁已经被打得鼻青脸肿,遍体鳞伤。

他足足在床上躺了一个星期。

等他能下床工作后,那群少年再也没有从他手上掠夺过财物,而是对他视而不见、听而不闻。

别说搭腔了,那群人看都不看他一眼。米格鲁凑近哪里,哪里的人群就一哄而散。

米格鲁成了一个幽灵,一个徘徊在垃圾山中的幼小亡灵。

日复一日,他独自一人在垃圾山上挖掘。即便听到孩子们游戏时的欢笑也不予理会,一心扑在工作上。

总有一天,他会离开这里。他不想再忍受饥饿,他想拥有一个像样的家。

他的脑子里只想着这些。

那天从清晨开始就一直下雨,全身湿透的米格鲁仍然在垃圾山上挖掘。

突然,他感到有什么东西在自己背后,慌忙回过头。自那次挥舞小刀以来,除了自己的家人,再也没有人接近过米格鲁。

米格鲁看到了一只狗。

一只短毛的杂种狗,几乎和米格鲁一样瘦。

"我手上可没有吃的东西,我现在也饿着呢。"

米格鲁说。

"你去别的地方吧。"

那只狗摇着尾巴。

米格鲁背对着狗,继续工作。最近几日,不论是父母还是姐姐,都没有发现像样的东西。他们已经饿到了极点。不论是什么东西都可以，只要能换钱就行。

身后的动静并未消失，那只狗既没有靠近也没有走远，它一直盯着挖掘垃圾的米格鲁。

"你这个家伙想干什么？"

米格鲁停下手头的工作，一直被盯着，他就很难集中注意力。

"找我有什么事吗？"

狗朝他走了过来，米格鲁做好防御的架势，他曾经听说饿着肚子的野狗会袭击小孩。

然而，那只狗并没有飞奔过来，而是缓慢地迈着极为自信的步伐走来，它在米格鲁挖掘的那片垃圾附近嗅着气味。

"这里没有能吃的东西，什么都没有。"

米格鲁说，估计这只狗和自己一样饿着肚子吧。

狗在垃圾中灵巧地用两只前爪刨了起来，它看了看米格鲁，像是在对他说：我已经知道怎么挖垃圾了。

"你是在帮我？"

米格鲁说完，突然觉得这只狗很亲切。

狗一心一意地在垃圾中刨着。

"好吧，那就一起挖吧。"

米格鲁再次投入工作中，然而不论怎样都挖不出值钱的东西。即便如此，他依旧和狗一起，比赛似的挖着垃圾。

虽说是一成不变的工作，但不知为何，和这只狗在一起竟变得相当快乐。

3

　　米格鲁带着多闻在购物中心周围散步，多闻解完大小便就跟在米格鲁的身后，一人一狗亦步亦趋，牵着的狗链也始终张弛有度。

　　走了约二十分钟，多闻回头张望，它听到了走在上学路上的孩子的声音。

　　"你喜欢小孩？"

　　米格鲁问道，多闻依旧看着前方。

　　"如果去南方，是不是就能见到你一直在寻找的孩子了？"

　　还是没见到多闻有丝毫反应，米格鲁耸了耸肩，边走边掏出手机，然后拨打电话。

　　"里奇还有何塞现在怎样了？"

　　电话拨通了，他没说什么客套话。

　　"那两个人已经死了。现在不仅是高桥的组织，就连警察也在搜寻你。"

　　"这样啊。那个负责开车的日本人还活着吗？"

　　既然警察正在搜寻，就说明有人把自己供出来了，里奇和何塞已经死了，不用想，招供的肯定是那个日本人。

　　"发现的时候还活着，后来好像死在医院了。"

　　"这样啊。"

　　"多半就是那个日本人对警方说了有关你的事吧。"

　　"知道了，再联络吧。"

　　米格鲁挂断电话，将戴在头上的棒球帽压低到眉眼上方。

现在警察正在搜寻自己，最好不要粗心大意，暴露自己的相貌。

"果然，那个男人死掉了。"

多闻抬起头，与米格鲁四目相对。它深邃的黑色瞳孔中映射出米格鲁的样貌。

"看来你也知道了。"

米格鲁嘟囔道。狗有一种特殊的感知能力，可以察觉人类的死亡。也许正是在这种能力的作用下，多闻才知道这件事。

"从今天开始，我就是你的家人了。"

米格鲁说话时，多闻又自顾自地向前迈出步伐。

和盗贼成为家人吧——米格鲁挠着头，他原本想要这么说的。

※

一辆巡逻车从对向车道驶来，米格鲁用力握紧方向盘。

现在搜寻米格鲁的是宫城县警方，和福岛县警方无关——

他这样安慰着自己，可心中的不安并未消失。要是警方上来盘查，检查了后座的行李箱，那就完蛋了。

巡逻车从外后视镜中消失了，米格鲁松了一口气。

米格鲁的目光又转向内后视镜，多闻的脸正朝向左——南方。

多闻这么聪明的狗如果执着于一件事，这事一定非同小可。

不管南方有什么人，那个人对多闻而言都是不可替代的存在。

"我一定要让你忘记过去那些回忆。"

米格鲁踩住刹车,前方的信号灯从黄色变成红色。

一辆梅赛德斯奔驰大G在交叉口处左转,奔驰大G开始加速,可又在中途急踩刹车,反复数次,终于成功掉头。

米格鲁边看后视镜边将眼睛眯成一条缝。

信号灯变成绿色,米格鲁脚踩油门直冲交叉口,三辆轻型汽车挤在一起,与那辆奔驰大G驶向相同的方向。

"可恶。"

米格鲁嘟囔道,这辆车的信息被高桥他们知道了,泄露信息的,估计就是卖给自己车的家伙吧?一个将偷来的车兜售给俄罗斯和中东地区的男人。

米格鲁的车开始提速,强行超过前车。奔驰大G也加快速度,超过它前面的车。

没有错,跟高桥他们关系紧密的黑帮,正在寻找米格鲁这辆车。

"多闻,车稍微会有些晃,你可要站稳了。"

米格鲁的车再次提速。下一个路口的信号灯正从黄色变成红色。他并没有减速,而是直接冲过交叉口。

车后警笛声大作,奔驰大G卡在交叉口上。

※

米格鲁给这条野狗取名为"将军",这是他不知在什么地方听来的日语。

每天早上,将军都会不声不响地出现,陪着米格鲁全神贯注地挖垃圾,太阳落山的时候又无声无息地消失。

可以的话,米格鲁真想让将军可以和自己住在一起。可他转念一想,父母肯定不会允许这种事。父亲搞不好还会说出把将军吃掉这类恐怖的话。

毕竟家里的生活那么艰苦。

将军好像也知道米格鲁一家的经济状况,每当米格鲁起身回家时,都会依依不舍地看着他离去。

"你的鼻子是不是很灵?就用你的鼻子帮我寻找值钱的东西吧。这样的话,估计爸爸妈妈就会允许你和我住在一起。"

米格鲁边在垃圾山上挖掘,边将这些话讲给将军听。

对米格鲁而言,将军已成了不可或缺的存在。它治愈了米格鲁的孤独,滋润了他无聊的生活。将军就如同他的家人一般,米格鲁无法想象没有将军的世界会是怎样。

"你的家在哪里?"

到了中午,米格鲁暂停工作,到能遮挡阳光的地方与将军一同玩耍。虽说要忍着腹中饥饿,但和将军一起玩耍,多少能消愁解闷。

那天,米格鲁和将军依旧一同玩耍。不过,没过多久将军就对米格鲁的游戏失去了兴趣,使劲嗅着周围的气味。

"怎么了,将军?是有食物的味道吗?"

米格鲁瞪大眼睛看着将军的举动,之前将军就曾发现过装有饼干的罐头。虽说饼干有些发潮,还是勉强能吃的。那残留在舌头上的甜味,他到现在都没有忘记。

米格鲁期待着能找到食物，他的肚子已经叫了，嘴里也蓄满唾液。

将军停下来，用前爪在一小块区域里拼命刨着。

"这里有食物吗？"

米格鲁跑到将军的身边，开始和它一起挖。

没一会儿，米格鲁的指尖碰到了纸，是油纸，里面好像包裹着什么沉甸甸的东西。

"会是什么呢？是不是吃的呢？"

米格鲁舔着嘴唇，双手抓着那个油纸包。他撕开了油纸。

"这个是——"

米格鲁倒吸一口凉气。这是手枪，绝对不会错。

"将军，这东西可是能换钱的！"

说完，米格鲁双手握着手枪，瞄准天空。

"这个要是能转出手，就能赚到钱了。让爸爸把它卖掉。这样爸爸妈妈就会同意你跟我住在一起了。"

将军摇着尾巴。

"走吧，跟我去爸爸那里吧，让他瞧瞧这个。然后告诉他，这东西是你发现的。"

米格鲁将手枪用油纸重新包好，开始奔跑，将军则紧跟其后。

米格鲁忍不住笑了，笑着笑着，声音越来越大。

※

米格鲁从会津若松下了磐越高速。

在郡山遭遇奔驰大G后，那伙人已经知道米格鲁的车是在普通道路上行驶的。于是在前往新潟的路上，米格鲁在高速公路与普通道路上交替行驶，确保平安无事。

可以的话最好换辆车。可即便偷车，也必须等到晚上。

汽车一边避开干线道路一边向西行驶，中途在阿贺川附近的休息站稍作休息。米格鲁将车停在停车场外，带着多闻下车。然后在休息站里走了五分多钟，确认这里没有可疑的家伙。

"到了晚上，你就可以随便玩了。"

多闻再次坐回车上，米格鲁给它准备好狗粮和水。

米格鲁在食堂吃了沙拉猪排盖饭，用从自动贩卖机买的罐装咖啡润了下嗓子，然后自己也回到车上。他来到汽车的后排，躺在座位上。

"你要过来吗？"

他问后备厢里的多闻，多闻看着他。

"Come on。"

米格鲁话音刚落，多闻便灵敏地越过椅子移动到他身边，蜷着身体钻进米格鲁与车椅之间的狭小空间里。

米格鲁将手伸向多闻的背部，触摸它柔软的毛发。多闻的体温让人觉得舒适。

多闻立刻睡着发出鼾声。汽车移动的过程中，它经常起身，注意着南侧的动静。虽说没怎么运动，估计也累到不行了。

"你是让我也休息一会儿吗？"

米格鲁这样对多闻说，但多闻并没有反应，他只好苦笑了事。

"所以说，我既不是你的家人，也不是你的伙伴。那个日本人在你心里是不是也一样？我们不过是你旅途的过客。你真正的家人在南方。"

米格鲁将眼闭上。

"然而，你不能去南方，你必须和我一同去新潟。然后从新潟坐船，最终成为我的家人。"

多闻晃动身体，后腿像抽搐一样抖动一下。米格鲁睁开眼。

他做了一个梦，多闻也做了一个梦。

"你也做梦了？梦到和你的同伴相遇了吗？说到底，梦终究是梦。你现在可是我的了。"

米格鲁温柔地抚摸多闻的背。

"抱歉了，多闻。"

米格鲁再次闭上眼睛，心甘情愿地被睡魔所支配。

※

米格鲁被巨大的发动机声吵醒时，太阳早已落山，一轮圆月升于空中。

他坐起身来，向窗外凝视。停车场已经停有不少汽车。

发出巨大噪声的是辆黑色轿车，它正在商店与食堂附近倒车，准备停进去。

多闻活动着身子，它察觉到米格鲁身上的紧张感。

"没事的。"

米格鲁对多闻说。

发动机的声音消失了，前照灯也被关上。从那辆轿车上下来三个男人，他们散发着特有的气质，明显不像好人。

"大家辛苦了。"

米格鲁一边注视着这帮男人的动向，一边将手伸向装有现金的小型行李箱。他知道自己想错了，留给他跑路的时间并不充裕。

看来高桥现在非常渴望将这笔钱弄到手。

"看来连黑帮也急着用钱啊……"

那帮男人分成两路。两个人走进建筑物里，另一个人一辆辆确认停在这里的车。

大概他们早知道米格鲁所开的是一辆四轮驱动的德国大众吧，外面的男人看也不看轿车和小型汽车一眼。

"保持安静。"

米格鲁对多闻说。他将手伸到脚底，打开放在座位下面的工具箱，拿出扳手下车。

他绕到停在斜对面的一辆小汽车后面。

外面的男人边吹口哨，边向米格鲁这边看去。米格鲁的车被对方发现不过是时间问题。

"不就是那辆车吗？"

那个男人在小汽车前面停住脚步。米格鲁的车被发现了。

米格鲁悄然无息地偷偷靠近男人身后，用扳手砸向他的后脑勺。男人发出微小的呻吟，倒在地上。

他扔掉扳手，将男子抱起，塞进德国大众的副驾驶座位。

"再等一下。"米格鲁对多闻说，它正对着失去意识的男子发出呜咽。米格鲁锁上车门，不断在黑暗之中移动，逐渐靠近那伙男人的轿车。

那两个男人还没有从建筑里出来的迹象。

米格鲁掏出放在牛仔裤口袋里的折叠刀,打开刀刃,戳破轿车后轮的两只车胎。

回到德国大众车上,米格鲁带着小型行李箱和多闻再次下了车。

此时多闻已摆好戒备的架势,注意着四周的环境。

"多闻,你可真不赖,像狼一样的神态。"

米格鲁微微一笑。

他左手握着多闻的狗链,右手推着小型行李箱,朝休息站后方走去。

4

出了国道,他们也走出了埋伏着阴谋般的寂静。黑夜中充斥着过往卡车的震动声,以及发动机的嗡鸣。

米格鲁离开休息站,跨过阿贺川,选择了一条车辆较少的道路继续西行。

他思忖着给自己弄一辆汽车,可这附近尽是农田,根本见不到能偷的汽车。

两个小时寻车未果后,米格鲁终于断了念头,沿着国道往回走。

拉着行李箱的右手已经发酸,现在应该休息,可米格鲁希望尽可能早点离开这里。

"你还好吗?"

多闻的步伐还算稳健,它替早已疲惫的米格鲁谨慎地巡视四周。

米格鲁能感受到,多闻是在保护自己的伙伴不受外人打扰。

西行的路上,只要有卡车迎面驶来,米格鲁便停住脚步,抬起右手伸出大拇指。没有一辆卡车停下,但每次有卡车驶来,他仍会抬起右手。

皇天不负有心人,终于有一辆卡车停在路边。

"你要去哪里?"

"新潟。"

米格鲁回答。

"我的车开到鱼沼①。不嫌弃的话,就上来吧。"

司机用温柔的眼神看着多闻。看来他对米格鲁没什么想法,主要是注意到多闻才将车停下的。

"鱼沼也行。"

米格鲁点点头,然后在司机的帮助下将行李箱和多闻全都弄到副驾驶座上。最后自己也坐了上去。

"我叫哈米。你呢?"

"米格鲁。"

米格鲁握住哈米伸出的手。

"你会说英语吗?"

---

① 译者注:鱼沼市,位于新潟县中越地区东南部。乘上越新干线到达新潟站需40分钟左右。

哈米用发音非常漂亮的英语问道。

"没问题。"

米格鲁也用英语回答。

"这只狗叫什么名字？"

"它叫多闻。"

"多闻……什么意思啊？"

"守护神。"

"真是太巧了，我的名字在波斯语中也有守护神的含义。"

"你是伊朗人，为什么在日本当卡车司机啊？"

米格鲁问。

"为了工作呗，现在卡车业人手不足。现在不少外国人也能不受偏见地被雇用，只要认真工作就行。话说你是做什么工作的？"

"我有点儿累了，能让我睡一会儿吗？"

米格鲁把话岔开。

"啊啊啊，不好意思，你先睡吧，等到了鱼沼再起来。我能摸摸多闻吗？"

"没问题。"

哈米伸出左手，抚摸多闻的额头。多闻还处于警惕状态下，但也任凭哈米摸了个遍。处变不惊是厉害的狗特有的性格。

"我家里也有一只狗，是只柴犬。是女儿死乞白赖地缠着我才养的，但狗真是好东西啊。"

"一点没错。"

米格鲁闭着眼睛淡淡地说。

※

　　那群男人是在米格鲁与将军找到手枪的一个星期后来的。
　　父亲不知在哪里将手枪卖了换钱，用这笔钱买来肉和鸡蛋，一家人久违地吃了几顿"大餐"。
　　将军因为找到值钱的东西受到称赞，也因此被允许与米格鲁生活在一起，还吃上了人吃完肉后剩下的骨头和筋肉。
　　那是非常幸福的一周。
　　然而，那群男人的出现终结了这一切。
　　他们个个杀气腾腾。
　　"将军，你可要安静点哟。"
　　米格鲁和将军藏在暗处，偷偷观察家里的情况。那群男人逼问着米格鲁的父母。
　　"那把手枪是从哪里找到的？"
　　米格鲁能清晰地听到一个男人的声音。
　　"不、不知道，是我儿子养的狗找到的。"
　　父亲的声音含混不清，站在父亲身旁的母亲则在抽泣。家里没有姐姐的身影。
　　"狗发现的？你以为这种蠢话就能糊弄我们吗？"
　　"我没有骗你们，这是真的。"
　　"行，那个小鬼和狗现在在什么地方？"
　　母亲的哭声实在太大，米格鲁根本听不到父亲的回答。
　　米格鲁咬住自己的嘴唇，原来那是一把不该被找到的手枪。

突然传来一声枪响，母亲的悲鸣还在持续。再一声枪响，就连母亲的悲鸣也消失了。

米格鲁不由得要叫出来，于是他咬住了自己的手指。将军的低吟声开始变大。

"你给老子安静点！"

米格鲁制止住了将军，随后将脸从藏身处露出来。他看见父亲和母亲一个摞一个地倒在地上。

他们被枪杀了。

全是我的错，是我和将军的错。那把手枪，如果没被我们找到的话就好了——悲伤、恐惧和愤怒一齐翻涌上来，米格鲁开始喘不上气。

"去找到那个小鬼和那只狗！他们肯定就在附近。"

那群男人散开了，其中一人朝这里走来。

"将军，怎么办？会被发现的。咱们也会被他们杀掉的。"

米格鲁向将军求助。将军背对着米格鲁回过头来，像是在说让米格鲁跟着自己。它突然竖起耳朵和尾巴，仿佛浑身写满了自信。

"跟着你就可以了对吧？"

米格鲁点头以示明白，将军开始纵身奔跑。担心米格鲁跟不上，还不止一次减速回头。

米格鲁拼命跟在将军身后，他曾以为自己熟悉这座垃圾山的每一个角落，但他错了，将军在一条米格鲁根本不知道的路上奔跑。这是一条不该被称为道路的道路，它像一条缝住垃圾与垃圾的细线，左右两边的垃圾堆积如山，那群男人铁定发现不了米格鲁的身影。

"将军,等一下。我跑不动了。"

也不知道跑了多久,米格鲁的呼吸有些困难,脚也开始不听使唤。他不再奔跑,而是蹲在了原地。

将军也折返回来,站在米格鲁的面前。竖得高高的尾巴不慌不忙地摇摆着,凝视着一言不发的米格鲁。

"我知道了。"

米格鲁站起身,再一次跟在将军身后奔跑起来。他的肺就像被火烧着了一样滚烫,汗水流进眼睛针扎似的疼。他已经完全不知道自己身在何处了。

突然,他的视野变得开阔。他们跑出垃圾山,来到了街道上。

将军再次加速,米格鲁已经无法再追上它。

"将军等一下,你跑得太快了。"

将军的身影消失后,一股不安之情突然涌上心头。父母已经被杀,姐姐也行踪不明。

米格鲁成了孤身一人。

"将军!"

米格鲁停下脚步,开始哭泣。

往来的人们都向米格鲁投去异样的目光,但没有一个人上前搭问。

每个人都为了自己的事精疲力竭,无暇顾及其他。这座城市就是这样的地方。

"米格鲁!"

米格鲁听到姐姐的呼喊,朝着声音的地方望去。将军从米格鲁对面跑过来,紧跟其后的是他的姐姐安吉拉。

"安吉拉。"

米格鲁呼喊着姐姐的名字。年长自己两岁的姐姐此刻如神明一般,而将军就是那侍奉神明的天使。

"米格鲁,出什么事了?将军突然跑过来,死咬着我的裙子不撒口。我想肯定发生了什么,于是就跟在它后面跑过来了。"

米格鲁抱住安吉拉。

"爸爸和妈妈死了。"

他哭诉道。

"怎么会这样……"

安吉拉僵住了。将军抬头望着他们两个。

5

米格鲁感到卡车在减速,并从睡梦中醒来。哈米正要将卡车停进便利店的停车场。

"不好意思,我憋得不行啦。"

车刚停进卡车专用车位,哈米就冲进便利店里。

天色依旧昏暗,停车场里停着数辆汽车。

蜷在米格鲁脚边的多闻抬起头。

"你也要去厕所吗?"

米格鲁问。在休息站时,他只给多闻喂了水。估计现在它肚子饿了,嗓子也干了。

这时哈米回来了。

"不好意思,我带这家伙去小便。这段时间,你能帮它买点狗粮和水吗?再帮忙买些纸杯。"

米格鲁递给哈米一万日元。

"这事简直小菜一碟。"

米格鲁带着多闻下车,在便利店周围散步。多闻在两根电线杆底下撒了尿,看上去很满足。

回到停车场,哈米正大口吃着饭团。

"给——你让我买的东西。"

哈米隔着车窗将塑料袋递过来,袋子里有找回的零钱以及收据。

"这些钱你收着吧。"

米格鲁说。

"我让你们上车又不是图钱。"

哈米谢绝了那笔钱。

米格鲁递给多闻狗粮,又让它喝了些水。他自己也喝了几口,还抽了根烟。

多闻吃完饭,米格鲁将纸杯扔进垃圾桶,回到副驾驶座上。

"现在出发可以吗?"

米格鲁点头表示同意,卡车启动了。

"可以的话,你吃这个吧。我连你的份也顺便买了。"

哈米用手指着放在仪表板上的塑料袋,里面装有饭团和瓶装红茶。

"多谢。"

米格鲁嘴上说着多谢,但没伸手碰塑料袋。

"冒昧问你一下——"

车开出去没多久后,哈米开口问道。

"什么事?"

"你这只狗也是偷来的吧?"

米格鲁冲哈米的侧脸看去。

"这话是什么意思?"

"之前问你是做什么的,你没有回答我,只有罪犯才会这样。我很了解你们这类人。那个小型行李箱里应该装着你偷来的东西,要不就是装满了钞票吧?所以你才会大方地给我一万日元。所以我才会问你,这只狗是不是也是你偷来的。它看上去也不是和你特别亲,而且你连狗粮都没准备好。"

米格鲁将手伸进口袋,紧握住里面的小刀。

"你不要想太多。"哈米说,"我并不想知道你是什么人。我在鱼沼把你放下就完事了。我也不会联系警察。之所以让你上车,完全是因为有这只狗。"

"这狗不是我偷的。"米格鲁解释道,"它的主人死了,所以我才代为饲养。"

"它的主人是被你杀死的吗?"

米格鲁用摇头代替回话。

"那就好。"

哈米点了下头,米格鲁也将握着小刀的手松开。

"你打算从新潟坐船离开吧?这只狗也一同带走?"

"我有我的办法。"

米格鲁答道，他以为哈米问的是检疫方面的问题。

"这只狗的脸总是朝向左侧，就连你睡觉的时候也是如此。起初我还以为它是在观察外面的情况，结果是我想错了，它只是在凝视着南方。而且车等红绿灯的时候，它必定会伸出鼻子嗅味道。"

"你说得没错。这个家伙总是注视着南方。"

"它的家人一定在南方的某个地方。"

哈米肯定地说道。

"小的时候，我也养过狗。那时候我们以养羊为生，没有狗替我们牧羊就完了。"

米格鲁伸出手腕，抚摸脚边的多闻。多闻还是老样子，脸朝向南方。

"有一天，我想去城里转转，没和家里人说一声就出门了。然而，那时候我还小。还没走到城里天就黑了，我在路边哭着打转。周边不仅没有人影，还能听到野兽的吼叫声，我吓得不行又无济于事。就这样哭了一整晚，直到天色见亮，父亲和那只狗一同赶了过来。原来那只狗见不到我的身影后，一直冲着城里的方向大叫。父亲才反应过来，到城里找我。狗就是拥有那样的能力啊。"

"我明白。"

米格鲁说道。当年，将军也是一点冤枉路也没走，直接把自己带到了安吉拉的身边。将军没有循着气味找，它从一开始就知道安吉拉在哪里。

"想必南方一定有对这只狗来说非常重要的人吧？"

"你想表达些什么？"

哈米耸了下肩。

"或许你是个罪犯，但你的灵魂还没堕落。我想说的就是这个。"

"这家伙可是我的守护神。"

米格鲁说。

"但除了你之外，它可能也是某个陌生人的守护神。"

"为什么你会对这种破事感兴趣？"

"因为我觉得这只狗很可怜。"

"可怜？"

"狗需要的不是旅途中的过客，而是家人，是身边的伙伴。而你不是它所需要的。"

"我需要的也是家人！"

米格鲁回答道。哈米脸上浮现出一种看上去很寂寞的笑容，随后就没再开口。

卡车驶过市区，国道的左右两侧逐渐坠入浓重的黑暗之中。前照灯将那黑暗劈开，可不论是前方还是后方，都见不到其他车辆的影子。

米格鲁的脑子里突然涌出这样的画面——通往黄泉之国的道路上，仅有一辆卡车在这条道路上奋勇前进。

坐在卡车上的，是一个连见都没见过的伊朗人和一只刚认识的狗。

米格鲁的命运一直如此，父母去世后，安吉拉和米格鲁的工作从挖垃圾变成了盗窃，不干这一行他们就活不下去。没过多久安吉拉出卖了自己的肉体，米格鲁成了令人闻风丧胆的大盗。

"我能在车上吸烟吗？"

米格鲁问。

"我倒是无所谓，不过你要是真的在意这只狗，就最好别抽。"

哈米回答。米格鲁停住准备掏出香烟的手。

"要来块口香糖吗？"

"来一块吧。"

"果然，你的灵魂还没有彻底堕落。"

哈米开心地笑了。

※

停在市场外侧的一辆故障车成了安吉拉和米格鲁的新家。

姐弟二人已经不打算再回那座垃圾山，即便回去了也活不下去。将找来的值钱物品换成钱的一直是父亲，所以即便姐弟俩找到值钱的东西，也不知该去哪儿换钱。

上午的集市人山人海，安吉拉在人群中找准时机，偷走钱包。

米格鲁则是偷水果和肉类，他们在那辆故障车后面支起火堆，把偷来的食物烤了吃。

没有盐也没有胡椒，只是将鱼和肉用火烤熟，谈不上美味，他们只是为了生存而食。

就像将军一样。

将军真不愧是一流的猎手，总是以让米格鲁望尘莫及的速度和频率,不知从何处为姐弟俩弄来食物。

还没熟练掌握盗窃技能的那段时间,如果没有将军,也许米格鲁和安吉拉早就饿死了。

不知从何时起,安吉拉和米格鲁开始称呼将军为"我们的守护神"。

也多亏了将军发现这辆故障车,他们才能将其作为新的住处。在米格鲁和安吉拉熟睡的时候,是将军负责守夜。一有巡逻的警察来,将军就迅速告诉姐弟俩。随后他们二人就会从故障车中逃出,找个地方藏身,直至不见警察们的身影。

将军是在用自己的全部精力守护安吉拉和米格鲁。

其实一开始,米格鲁是怨恨将军的。

如果将军没有找到那把手枪,他的父母就不会被枪杀。

然而,自打将军为姐弟二人拼命地四处奔波后,他就不再怨恨将军了。

将军不求回报。它仅仅是为米格鲁和安吉拉尽心尽责。

将军的身体里塞满了纯粹的爱意。

父母的死是悲伤且残酷的事实,但和将军与安吉拉一起努力,勉强维持生计的日子也充实起来。

这与在垃圾山上毫无意义地挖掘的日子大不一样。如何在不被人发现的情况下盗窃?仅凭孩子和狗,如何在故障车里起居生活?

米格鲁不得不动用脑子,每当动脑子后有所发现,他都很兴奋。

虽说依旧挨饿而且睡眠不足。

可即便如此,米格鲁还是活下来了。安吉拉深爱着他,他也深爱着安吉拉,还能与将军一起,合力挑战每一天。

可就在这种生活持续了一年之后,将军的样子开始变得奇怪。

发现将军变化的人是米格鲁。

一天,将军不知从哪里弄来了烧鸡。米格鲁和安吉拉吃肉,骨头全留给将军。

然而那一天,将军看也不看骨头一眼。它毫无精神地趴在地上,反复地大口喘着粗气。

"安吉拉,将军的样子有些奇怪。它连骨头都没有吃。"

米格鲁对安吉拉说道,安吉拉抚摸起将军的后背。

"还真是,看起来它身体不太舒服。"

"怎么办?快点让兽医给它看看。"

"可咱们没有钱啊。"

安吉拉很难过地嘟囔着,其实她心里明白,将军快不行了。米格鲁却不愿承认。

"我去赚钱。"

"不要说这种蠢话,你知道需要多少钱吗?"

"无论如何也要试一试。将军,你在这里等我。"

米格鲁说完直奔集市。在这一年的时间里,他的偷盗技术已经突飞猛进。要论偷盗的本事,米格鲁绝对在安吉拉之上。去偷看上去有钱的人的钱包就行了,然后用这笔钱,带将军去看兽医。

米格鲁无法想象没有将军的生活会变成怎样。因为有将军在，米格鲁和安吉拉才能在这样的生活中熬下去。

找到了，一个胖墩墩的男人。圆领背心上套着一件衬衫，钱包就在他牛仔裤屁股后面的口袋里。脖子还有手腕上都戴着金质首饰，他的钱包里一定装满了钞票。

米格鲁不露声色地靠近这个男人，找准时机下手。这时男人停下脚步，开始和相识的朋友聊天。

米格鲁从男人的屁股口袋抽出钱包。正准备逃跑，却被男人一把抓住肩膀。

"小兔崽子，拿别人的钱包想干什么？"

还没等米格鲁解释，男人就一顿暴打，一点也没有手下留情。一顿拳打脚踢后，米格鲁被扔了出去。尽管松开了钱包，仍然没有得到原谅。

等他恢复意识，发现自己已经滚到了集市的一个角落里。即使一个浑身是血的少年倒在那里，也不会有人过来帮忙。

他站起身，忍着浑身的伤痛飞奔，脑袋好像裂开一样。他摇摇晃晃地朝安吉拉和将军所在的故障车走去。

"抱歉了，将军。抱歉了，安吉拉……"

好不容易挣扎着回到故障车前面，却看见安吉拉正在哭泣。

"安吉拉……"

米格鲁的胃里生出一个又重又冷的疙瘩。他全然不顾疼痛，直奔安吉拉的身边。

将军已经闭上眼睛，一动也不动了。

"将军。"

米格鲁摇晃起将军的身体。

将军死了。

6

"那天以后,安吉拉开始出卖肉体换取钱财。将军不在了,我们连当天的食物也很难弄到手。"

米格鲁说。

"但是,安吉拉那个时候不是才十岁左右吗?"

哈米震惊道。

"哪里都会有喜欢小孩子的变态。其实单纯地出卖肉体我也可以,喜欢男孩子的那帮变态完全和喜欢女孩子的不相伯仲,但是安吉拉不允许我这样干。"

东方的天空已经泛白。多闻还是老样子,凝视着南方。

"从那之后,你就变成了真正的小偷?"

"有个像管理员一样的男人,专门把我这样的小鬼聚到一起偷盗,我们受他驱使。"

哈米叹了口气。

"将军可真是你们姐弟俩不折不扣的守护神啊。"

"是啊。如果没有将军的话,我们俩可能早就死了。"

米格鲁将口香糖放进嘴里,想吸烟的时候就嚼口香糖。如果能一直这样,估计他就能戒烟了。

"将军去世后你就没有再养过别的狗?"

哈米问,他已完全沉迷在米格鲁的身世中。

"我也想养，但无法照顾它们。我总是从一座城市去到另一座城市，从一个国家去到另一个国家。因为偷盗，我整日都在移动，就连安吉拉也不知有多少年没见过我了。"

米格鲁一边咀嚼着口香糖，一边纳闷。为什么会对哈米说出自己的身世呢？米格鲁自己也不知道。反正当他意识到的时候，话匣子已经打开了。

至少，哈米是个相当不错的听众。

"你是打算金盆洗手了吗？"

哈米问。

"为什么你会这样想？"

"因为这只狗。如果你真打算金盆洗手，应该会找一个地方安顿下来，然后和这只狗一直生活吧？"

"这几个月里，我们都在福岛和宫城一带盗窃。这几乎跟从死人身上偷东西没有区别，我已经受够了。"

"愿真主祝福你。"

"我可是基督教徒。"

"这无所谓，毕竟你将与犯罪一刀两断。不知道为什么，我竟然也替你开心呢。"

"咱们不过刚认识而已。"

"这无所谓，因为我们已经是兄弟了。"

米格鲁将咀嚼过的口香糖吐出来，用纸包好。自己和何塞、里奇也是情同手足般的关系，但是他们已经死了。在何塞他们之前，也曾有和自己称兄道弟的男人，可是那些人，也都不在这个世界上了。

大伙都死了,唯独米格鲁还活着。

有些爱说长论短的家伙,背地里称米格鲁为"丧门星"或"死神"。

和米格鲁在一起的人准会挂掉,还是远离他比较好——有前辈这样忠告过后,拒绝米格鲁邀请的小弟越来越多。

或许将军也是因自己而死,我就是一个丧门星,所以才需要一个守护神。

多闻抬起头看向米格鲁,它敏感地觉察到了米格鲁的情绪。

"你真是太好了。"

米格鲁抚摸着多闻的额头。

"你再也不回日本了吗?"

哈米问道。

"是的。我要回到故乡,和安吉拉一起生活,安吉拉现在有女儿了。"

"她女儿叫什么名字?"

"玛利亚。"

"祝福玛利亚吧。"

哈米如唱歌般说着。

"好不容易和你成为兄弟,但很快又要分别,真有些寂寞啊。"

"这就是人生。"米格鲁回答道,"纵使天各一方,你我的羁绊永不消失。"

"说得不错,我们永远是兄弟。"

哈米伸出左手,米格鲁一瞬间有些犹豫,但还是握住他的那只手。哈米不是小偷也不是罪犯,即便与自己结为兄弟,应该也不会死吧?

"提交资料什么的太麻烦了,你认不认识不需要出示这些东西就能将二手车卖给我的车贩?"米格鲁问道。

※

下车后,米格鲁右手握着小型行李箱,左手拽着多闻的狗链。

"与其留在这里过夜,还不如让我把你送到新潟呢。这样你也不必花冤枉钱。"

哈米蹲下来抱了抱多闻。

"这点儿钱我又不缺。"

米格鲁和二手车的车贩约好,十点钟在这里见面。只要随便找一个地方吃顿早餐,再带着多闻闲逛一会儿,时间很容易就消磨掉了。

哈米站起身。

"再见了,聪明的小家伙。"

"如果你哪天来我的家乡,请务必联系我。"

米格鲁说完,和哈米拥抱了一下。下车前,二人互换了联系方式。

"Khodā hāfez。"

哈米说。

"什么意思?"

"波斯语中再见的意思。"

米格鲁点了下头。哈米坐在车里注视着米格鲁。

"Adios amigo。"

米格鲁对从车窗里伸出脑袋挥着手的哈米说,哈米笑了。

"多保重啊,兄弟。"

哈米用日语说完,发动了车子。米格鲁和多闻则被留在鱼沼市郊外的一家便利店门口。

"多闻,咱们先把肚子填饱吧。"

米格鲁喂了多闻水和食物,然后大口吃起哈米买给自己的饭团。

没一会儿饭就吃完了。多闻依旧面朝南方,晃动着鼻子嗅着气味。

"你这么在意自己的同伴吗?"

米格鲁问多闻。

"看来我是做不了你的兄弟啦?"

多闻看也不看米格鲁一眼,它继续面朝南方,眯着眼睛,使劲儿嗅着气味。

"真好。既然如此,你肯定不会被我克死了。"

米格鲁解开多闻的狗链。

"去吧。"

他拍了拍多闻的屁股。

"去你想守护的那个家伙身边吧。"

多闻抬起头。

"行啦,你走吧。你现在自由了。"

多闻向前走去,走了十多米,又停下脚步,回头望着米格鲁。

"趁我还没改变主意,快跑吧!"

米格鲁比画出驱赶的动作。多闻开始奔跑,用尽全力奔跑,它的背影逐渐远去。

"Adios amigo。"

米格鲁小声嘟囔着,扔掉了手中的狗链。

7

哈米用遥控器调高电视机的音量,现在是晚饭后全家人一起看电视的时间。哈米的妻子喝着咖啡,女儿映美正和柴犬健太相互嬉戏。

"今日傍晚,发现一名身份不明的外国人在新潟港北码头遇害,尸体上有多处砍伤。新潟警方在调查中发现,死者是曾在福岛县和宫城县流窜作案的盗窃团伙的一员。"

屏幕上没有出现尸体,也没有公布死者的姓名。

不过哈米知道,死者就是米格鲁。

米格鲁死了。

"你怎么了?"

妻子询问道。哈米摇着头,将电视关上。

"没什么,就是今天有点累了。我去洗个澡,然后就先睡了。"

"也是,明天你还要早起,一直以来辛苦了。"

哈米亲吻了妻子的脸颊,然后朝浴室走去。在他眼中,和女儿嬉戏的健太仿佛变成了那只名叫多闻的狗。

米格鲁死了,多闻又会怎样呢?

"米格鲁一定让多闻去了南方。"

哈米用波斯语自语道,接着又用西班牙语说了一句:

"Adios amigo。"

夫妇与犬

1

"什么情况？"中山大贵心里一阵狐疑，慌忙停下脚步，前方数米的草丛中不知蹿出个什么东西。

是野猪，还是小熊？如果是后者的话，附近肯定还有母熊，那样的话可就危险了。

自己常在险峻的山道上奔跑，但从没有如此惶恐不安过。

那只动物圆溜溜的眼睛来回打转，观察着眼前的大贵，然后将身体转正，与大贵僵持不下。

"原来是只狗啊。"

大贵解除了戒备，毫无疑问，面前的这个家伙就是一只狗。虽说它有着德国牧羊犬一般的体形与毛色，但大贵也注意到，这只狗要比德国牧羊犬小上一圈，可能是只杂种狗吧。

"你在这里做什么？"

大贵对着狗说起话来。狗的耳朵微微竖起，它嘴边的毛几乎发黑，难不成是血？估计是捕食了老鼠之类的活物吧？脖子上还有一个乍一看很难辨认出来的破旧项圈。

"你是从哪里逃出来的？在这样一座大山中生存肯定不容易吧？"

大贵从自己背的登山包的侧面口袋里掏出水壶，拧开喝着里面的水。

炙热的阳光透过树叶空隙照射在山道上，使这里变得非常闷热。大贵现在位于牛岳山①的半山腰，他每周都会进山两次，先是开车抵达山道的入口，接着跑到山顶，最后原路返回。

对大贵而言，此处无疑是越野跑爱好者最好的训练场地。

那只狗紧盯着正在喝水的大贵。

"你也渴了吗？"

大贵冲狗问道，或许是能听得懂人言，狗向大贵靠近了一些。

"来喝水吧。"

大贵把左手伸到狗的嘴边，将水杯里的水倒在掌中，狗灵巧地用舌头舔着他掌中的水。

"你有点儿脏啊。"

狗的身上是有些脏兮兮的，准是从主人身边逃跑后，长时间在这座山中徘徊导致的。

它嘴边的黑色，的确就是血液凝固后形成的颜色。

"是不是肚子也饿了？"

喝完水后，大贵把登山包取下，将包中准备当作自己补充运动能量的饼干喂给了狗。狗大口吃起饼干，大贵仔细端详着它——肋骨都已经清晰可辨了。

"独自捕捉猎物很不容易吧？"

吃完饼干，狗将脸朝向山道前方。它眯起眼睛，抽动鼻尖，

---

① 译者注：牛岳山，位于日本富山县福山市与砺波市之间的山，高987米。距离鱼沼市约260千米。

像是在寻找什么似的嗅着味道。

"是猎物的气味吗？快去吧，努力捕猎吧。我们就此别过啦。"

大贵将登山包再度背好，轻轻拍了拍狗的脑袋，继续奔跑在山林中。

突然间，狗蹿到大贵前面，停住脚步并回过头，露出牙齿对着大贵咆哮起来。

"你、你要干什么……"

狗开始发出一声声低沉有力的吠叫。

"我都给你水和食物了，难不成你还想恩将仇报？"

但它不停地冲大贵狂吠，那架势明显是在阻止大贵继续前行。

"你就饶了我吧……"

大贵挠着额头，抬头望去。就大贵目前的体能状态，到达山顶只需要四十分钟。可如果一直和狗僵持不下，他不得不放弃登顶。

他再一次看向那只狗。狗依旧龇着牙狂吠，但没有要袭击大贵的迹象。

"我想继续往前走。你听得明白吗？我想跑到山顶。"

突然，犬吠声停止了。狗像是对大贵失去了兴趣，让到狭窄山道的一旁。

"我能走了吧？"

大贵说完，狗并没有反应。于是他疑惑地向前跑去。

"真是只奇怪的狗。"

全怪刚才没有一鼓作气跑完，中途突然休息导致大贵的脚步开始变得沉重。他注意控制着自己奔跑的节奏，继续在山道上前行。和那只狗分开之后不一会儿,他已逐渐拐上右侧山道。

大贵继续向右拐,山道的正中央有一块黑色的东西吸引他停下脚步,那东西仿佛还尚存余温和气味——是动物的粪便。

"难不成……"

除了黑熊以外,大贵再也想不出还有什么动物能拉出这么一大坨粪便。虽说他没遭遇过这种事,但这座山上确实有熊出没。

从粪便残存的温度可以判断,熊刚走不久。大贵开始警惕山道两侧森林里的动静,他没察觉到什么,也没听到什么。

"多亏了刚才那个家伙……"

大贵回过头,估计熊是刚刚听到了那只狗骇人的咆哮声,受惊逃走的。

"今天就到此为止吧。"

大贵掉头就往山下走。在与狗分别的地方,他停下脚步。只是此时那只狗的身影已经消失。

"喂——我说狗子啊,你还在吗?"

他朝森林大声呼喊,远处传来脚踩枯草的声响。大贵再次摆好戒备的架势。

"狗子啊,是你吗?是你的话就叫一声。"

他握紧拳头。刚开始越野跑的时候,大贵曾将驱熊铃挂在登山包上,包中也必定放有用来击退黑熊的喷雾。可那都是好多年以前的事了。由于一次也没有遭遇过黑熊,他便放松了警惕,认为那些都是用不上的东西,没有再备在身上。在人们的常识中,不论是徒步登山,还是越野跑步,随身行李要尽可能轻便。

不过现在,他不认为那是熊发出的声音,因为那个动静很轻。

草丛开始晃动,先前遇到的那只狗从山道中的丛林里冒出来。

"你还在啊。"

大贵冲狗微笑。

"你刚才之所以大叫,是因为帮我驱赶黑熊吧。你是嗅到了熊的气味,才那样做的吧?"

狗抬头看着大贵,用它那清澈的双眸,向大贵展示着它坚强的意志。

"你是我的救命恩人,怎样,和我一起走吧?成为我的狗,就不用担心饿肚子了。"

狗摇起尾巴。

"你真要成为我的狗吗?要的话,就和我一起回去吧。"

大贵边跑边看着那只狗,狗也配合着大贵的速度前行。

真是只聪明的狗啊——大贵想。

或许是某些原因走丢了吧,想必狗主人也在找它吧?

"你的主人住在哪里啊?"

大贵问道。当然,狗一点反应都没有。

2

"我回来了,我把咱家的新成员带回来了。"

房间响起大贵爽朗的声音,纱英没有理会大贵,埋头干着眼前的活儿。

"我跟你打招呼呢,你别无视我啊。"

大贵在玄关提高了音量冲屋里喊道,纱英不耐烦地停下手头的工作应付道:

"我正忙着整理这周必须寄出去的包裹,有事的话稍后再说。"

"你先过来,有新的家庭成员哟。"

"家庭成员?"

纱英有些纳闷地站起身,大贵知道她肯定正板着脸。每次纱英被大贵以无聊的事由中断工作的时候,她的表情都很冷漠。

纱英一边用双手缓解着脸部两侧的肌肉,一边朝玄关走去。由于没有化妆,脸部的肌肤干燥粗糙。工作忙起来,她连肌肤护理的闲暇都没有。

"还家庭成员,你又在搞什么——"

纱英欲言又止地呆住了。

大贵的右手握着类似绳子的东西,绳子另一端系着一只有点脏的狗。

"这只脏狗是怎么一回事?"

"我在牛岳山练习越野跑的时候,是这只狗救了我一命,帮我驱赶了黑熊。为了报恩,我打算养它。你觉得如何?"

纱英咬住嘴唇。大贵一副征求她意见的样子,但纱英心里清楚,他并没有真的考虑自己的感受。

如果大贵下定决心要养这只狗,那就肯定会养。

"我洗完澡后要去店里看一眼。纱英,不好意思,能帮我给这只狗洗个澡吗？它太脏了，稍微摸一下，手就变得脏兮兮的。"

"等等，我手头还有这周就要寄出去的商品，给狗洗澡的事就先放一放吧——"

"横竖就拜托你了，车里有买好的狗粮以及沐浴液。"

"你真是太随心所欲了。"

纱英怒视着大贵的背影，接着她感觉到手中的狗链被微微牵动，随即将视线转向狗。

狗气定神闲地用冷静的目光抬头看着纱英。

"你怎么这么脏啊，该不会是只野狗吧？不过，你应该已经习惯与人类相处了吧。"

纱英虽然对大贵的自作主张感到恼火，但一看到这只狗纯洁的双眼，一下子就没了脾气。

"过来吧，我让你变得漂亮些。"

纱英带着狗一同走出玄关。她家是一栋八十年房龄的二手老宅改建的房子，改造后的庭院非常开阔。此时晴空万里，气温很高，给狗洗澡再合适不过。

车库周边的地面全铺了水泥，都是大贵自己做的，方便他鼓捣汽车了。

纱英将狗拴在大贵汽车的后视镜上。

"你稍等我一下。"

正如大贵刚才说的那样，车里放有狗粮、宠物用尿布垫，还有狗用沐浴液。后座椅上有一个有些脏的东西，应该是这只狗之前佩戴的项圈。

纱英拿起项圈，上面写有狗的名字，但墨水字迹已经变淡，无法看出到底写了什么。

"不知道名字就难办了。"

纱英拿出沐浴液，将车门关上。随后又将套在车库旁边水龙头上的胶皮管取下，换上洗澡用的淋浴喷头。平时为了洗车，这里装的都是洗车喷头。

"你用过沐浴液吗？"

她对狗说，狗只是凝视着纱英。

"不用害怕，我会把你收拾得干干净净的。你这小家伙，是不是也很讨厌浑身臭烘烘、脏兮兮的呀？小狗狗可爱干净了。"

纱英握住喷头杆，水流顺着喷头喷出。狗在一瞬间有些畏缩，但很快便找回了冷静。

"真是个好孩子，你这是信任我了啊。"

纱英给狗冲着水，狗的全身立刻湿透，脚底积下一片污水。

"上次给狗洗澡是什么时候呢？"

纱英一边将狗的全身浸湿，一边喃喃自语地回忆道。

她家以前养过狗，父亲超级喜欢狗，给狗洗澡却是纱英的工作。

为了去金泽上大学，纱英离开了家，从那以后就再也没有养过狗。

"都二十多年了啊……"

纱英弯下腰，将手指插进狗湿润的毛发中，像按摩一样用手指温柔地揉搓着它的毛。她想在涂抹沐浴液之前，尽可能先将污垢清洗掉。

水花溅到了她的T恤上，就连牛仔裤的下端也被淋湿，看来明天又要洗衣服了。

"接下来是沐浴液。"

她暂时先关掉喷头,直接从瓶中将沐浴液倒在狗的背上。倒了十足的量后,纱英开始用双手搓出泡沫。

洗完澡前,狗一直强忍着不抖毛。

"你真是太乖了。"

纱英看着狗的眼睛,它好像并不喜欢涂抹沐浴液,却明白纱英为什么要这样做,明白自己必须忍耐,任由新主人将它洗干净。

"你还真是信任人类啊。"

沐浴液几乎搓不出来泡沫了,可它还是那么脏。纱英反复用水冲洗着狗,一遍遍给它涂抹沐浴液。

"现在给人的感觉就好多了,你是不是也很舒服?"

纱英不停地和狗说着话。她想,只要一直对狗说话,就能缓解狗紧张的心情。

"是不是很讨厌?被素不相识的人带到这里,二话不说就拉去洗澡。可即便如此,你还是忍耐着,真是个了不起的孩子。"

狗的全身布满泡沫,纱英终于停手了。

"太瘦了,你都皮包骨了。洗完澡后咱们就去吃饭,让你吃到撑。"

喷头很快就冲掉狗身上的沐浴液,从狗身上滴下的水已经不再发黑。

冲洗结束,纱英从车库深处拿出数条用旧的浴巾,擦拭狗的身体。

用到第三条浴巾时,狗身上终于不再滴水。

纱英本可以用吹风机将狗毛吹干,可如果回屋取吹风机就要遇见大贵,这让纱英有些不爽。

"咱们去散散步,大太阳底下,走个三十分钟差不多就能干透了。"

纱英说着拿起狗链。

※

散步回来,大贵的车已被开走。应该就像他说的那样,去店里了吧?

大贵经营的是一家户外用品专卖店,可店里并没多少营业额,夏天他要练习越野跑,参加正式比赛。到了秋天和转年春天,他又要参加越野滑雪①,平时人根本不在家,店里的生意完全交给临时工管理。

夫妻俩的收入主要来自纱英经营的网店,卖的是纱英亲手栽培的无农药蔬菜和彩色玻璃之类的小物件。虽说五年前才开始经营,但不错的口碑令客人逐渐增加;到了前年,年收入超过了五百万。纱英卖的都是些不需要成本的东西,这些钱不仅可以偿还房子和汽车的贷款,还能让夫妇二人生活下去。

大贵是从三年前开始沉迷越野跑的,那时正值纱英的网店步入正轨,他也明白自己不再需要拼死去工作,不如去干点别的,

---

① 译者注:越野滑雪(Backcountry skiing)是一种挑战极限的运动,与后文出现的滑雪有着一定区别。

于是撒手不管店里的生意，每周有一半时间都在山里度过。

大贵简直就像一条洄游鱼，如果不能保持运动就会葬身海底，从以前开始就是这样。这人不仅有使不完的精力，还是个自来熟，能和只见过几秒钟的人变成朋友。

估计这只狗也有一样的感觉吧？和大贵刚见面，就被他带了回来。

擦拭完狗爪后，纱英带它进了屋子。狗可是咱们的家人，而且就得养在家里——父亲曾说过这样的话，他不顾讨厌在家里养动物的母亲的反对，死硬到底。

餐桌上随意放着一只烹饪用的大碗，纱英将狗粮倒在碗里，摆在狗的面前。

狗拼命闻着味道，不知道该不该吃。

"你在犹豫什么？快点吃啊。"

纱英话音一落，狗立刻开动。看来是饿坏了，瞬间碗就空了。

纱英又倒了些狗粮。

"这样猛吃可不行啊，一口气吃这么多会胀肚的，到那时候就糟糕了。"

狗瞬间又将狗粮吞入胃中，然后用还想再吃的目光看向纱英，纱英不再理会它。

她在厨房的角落铺放好宠物用尿布垫。

"从今天开始这里就是你的家了。你可以随便活动，但不准随地撒尿。大小便都要在这里。我处理工作、做家务的时候，你不许打扰我，听懂了吗？"

狗竖起耳朵听着纱英讲话，但当纱英说完，它立刻跟失去兴趣似的，打了个哈欠。

纱英朝浴室走去，把给狗洗澡时弄湿的 T 恤和牛仔裤全都换掉。然后将大贵越野跑时穿的衬衫和短裤一同扔到洗衣机里，打开开关。

回到厨房，狗已经移动到客厅。它趴在能看见窗外的位置上，态度相当冷静，像是一直在这个家生活一样。

"你在看外面，还是在找些什么？"

一听到声响，狗就竖起耳朵，可也仅此而已。狗一动不动，一直凝视着窗外。

"我给你起个名字吧。"

其实纱英心中早已有了名字。

克林——这是纱英小时候，老家所饲养的拳师犬的名字。它是身为克林特·伊斯特伍德①粉丝的父亲起的名字。那是一只心地善良的公狗，也是纱英的好朋友。

"你先看着，我还有工作要去做。"

克林——她心里默念着这个名字。

这时狗回过头，像是表明自己知道似的摇着尾巴。

纱英内心深处感到一阵温暖。

为什么自己会忘记与狗生活在一起时的喜悦呢？明明狗给了自己爱与喜悦，可为什么自己一点也回忆不起来呢？

纱英在狗——克林身边弯下腰，将手放在它的背上。洗完

---

① 译者注：克林特·伊斯特伍德（1930 年 5 月 31 日—）美国演员、电影导演、电影制片人、作曲家以及政治人物。代表作有《黄金三镖客》《百万美元宝贝》《萨利机长》等。

澡后，它的毛也变得柔顺，给人的感觉真不错。就在这时，一股仿佛已和克林生活数年之久的错觉向她袭来。

她将身体靠在狗身上，侧脸埋进克林香喷喷的长毛里。克林看上去对此并不反感，它已经接受纱英了。

3

纱英集中精力焊东西的时候，手机响了。

是大贵打来的。

纱英有些不耐烦，注意力一旦被打断，她就不想再干了。纱英说过无数次不要在工作的时候打电话过来，但是大贵总是把纱英的话当耳边风。

"喂喂？"

纱英发出不耐烦的声音。

"喂，是我。刚才和明打电话过来，说今晚要一起去喝酒，晚饭就不用准备了。"

这个叫和明的人是大贵的朋友。一到冬天，大贵就期待着和好友前往立山连峰①之类的地方滑雪。

"老公，你还记得你今天带回家一只狗吗？"

"当然记得，怎么可能忘记！那家伙可是我的救命恩人。"

"你那救命恩人今晚头一次在家里过夜，你就跑出去喝酒？"

---

① 译者注：立山连峰，属于飞驒山脉，是黑部川西侧一带群山的总称。

"我们有重要的事要谈。"

大贵心虚地敷衍着妻子。

"滑雪的季节早就过去了吧？你还有什么要事缠身？"

"我们不可能只聊滑雪嘛。总之，那只狗交给你没问题吧？对了，我记得你在娘家就曾养过狗。"

"这跟我养过狗有什么关系……"

"总之就是交给你照顾了。"

"你给我等一下——"

纱英拼命叫住大贵。

"又怎么了？"

"还没给那狗取名字呢，我想的是——"

"汤巴，我之前就想好了。不错的名字吧？取自阿尔伯托·汤巴①。"

大贵口中的这个名字，是往年滑雪比赛的名将。

"我——"

"再见。"

还没等纱英把话说完，电话就挂了。纱英没有生气，毕竟这个人总是这样。

这时克林已经待在自己脚下。

"汤巴，真是个让人生厌的名字，就跟白痴②一样。"

纱英抚摸着克林的额头。

"咱们先去散步，然后回来吃饭。"

---

① 译者注：阿尔伯托·汤巴（1966年12月19日—），意大利著名滑雪选手。
② 译者注：日语中，"汤巴"（トンバ）与"白痴"（とんま）的发音接近。

时间已过了下午五点,外面还十分明亮。即将入夏,白天也越发长了。

纱英带着克林来到玄关,它似乎知道主人要带它出门。

这狗这么聪明,以前肯定被人饲养过。

纱英将狗链拴在项圈上,带着克林出发。稍微潮湿的空气抚摸着她裸露在外的肌肤。

走出住宅区,一人一狗继续向前走去,想找一个有大片水田或者空地的地方。

虽说位于富山市的市内,但纱英两口子其实一直住在一个山间的小地方。邻居全是上了岁数的老人,根本听不到小孩子的动静。

再向西走一点是南砺市,往南走就到了岐阜县。此地四面环山。

纱英的娘家也在富山市,但位于海边。与住在这山中相比,如今的她更想住在靠海的地方,大贵却和她反着来。虽说大贵看上去是个体育全才,实际他是个不折不扣的旱鸭子。

要是住在海边,海啸袭来咱们就都玩完了——三年前,大贵在新闻上看到东北太平洋沿岸被吞噬的报道后,彻底吓傻。

反正,居住在这山中带着乡间气息的城市里,全都是大贵的意思。他完全没有征求纱英的意见。

其实从两个人约会开始就是如此。大贵是有着迷人笑容、温柔又可靠的运动型男人。遇事也不胆怯,纱英就这样一点点被他吸引了。

二人陷入爱河、从求婚到结婚,最后纱英才回过神来,是自己太轻率了。

大贵是个"中央空调",不论对谁都是无差别地温柔。对妻子也好,对朋友也罢,哪怕是在只有一面之缘的人面前,他都维持着"暖男"形象。其实,大贵所谓的遇事不胆怯,只是遇事不动脑子罢了。真正遇到大事需要决断的时候,大贵绝不深思熟虑,全凭直觉去抉择。

而且他不会顾虑他人,只会最先考虑自己想做的事。

大贵就是这么一个男人。虽说不是什么坏人,但绝不适合当丈夫。

就因为他不是坏人,纱英才一直容忍下去。

他不是坏人。就因为这一点,她才犹豫着没有离婚。大贵还不如是个浑蛋呢。如果真是这样,或许纱英就能早点从婚姻的束缚中解脱了吧?

他们走在农间道路上,一位正奋力清除田间杂草的老太太的身影映入眼帘。从那弯曲的身子看应该是左数第三家的藤田墨吧?这位女强人年近九旬,依然老当益壮。

老太太是纱英的老师。纱英最开始学着种菜的时候,就是她手把手指导的。

"小纱英,你养狗了?"

注意到纱英和克林的藤田奶奶将腰直起。克林竖起耳朵,但也仅止于此,十分镇定。估计是自信不论遇上什么事都能应付吧。

"我老公在山里遇见它带回来的,说是帮他驱赶了狗熊……"

"那真是很聪明的狗啊。"

"确实很聪明。它今天才来我家,就跟在我家住了好几年似的,什么都不用教它。刚才我还在想,应该是有户好人家养过它,不过不知道什么原因给弄丢了……"

"这狗看起来很温驯。"

克林不见外地嗅起老奶奶伸出的手。

"吃山芋吗?我想它应该是饿了。正好我带着蒸好的山芋,到了我这个年纪,肚子也不怎么饿了。"

藤田老奶奶打开可爱的粉色腰包,将铝箔纸包裹的山芋取出。刚一打开,克林就连忙抽动鼻子。

"这个能给它吃吗?"

奶奶征求纱英的同意。

"当然可以。"

"这是我从自己地里挖来的山芋,一点农药都没用。"

老奶奶慢悠悠地剥开铝箔纸,将山芋掰开,送到克林嘴边。克林小心翼翼地啃起山芋。

"哎哟,还真懂规矩。"

她露出笑容,好像被克林文雅乖巧的举止吸引了,接二连三地剥山芋喂给克林。

"好孩子,确实是个好孩子。"

喂完山芋后,藤田奶奶温柔地抚摸克林的额头。

"大贵是怎么回事儿?不是他将这狗带回来的吗?不会又是一时兴起,最后让你帮他全权负责照料吧?"

纱英一脸苦笑。

"这种男人,你就该尽快离开他。小纱英如果想要男人的话,那真是要多少有多少。有需要的话，我也能帮你留意。"

"真到那时，还请多帮忙啊。"

纱英笑着将藤田奶奶的话搪塞过去。

"他不是什么坏人，但却是女人的不幸。他那张脸给人的感觉就是那样。他不是快四十岁了吗？可还像个孩子。即便再像个孩子，也该长大了吧。"

"话虽如此……不过，这算是件好事吧。"

"没有一份正经工作，不是在山里乱跑就是去滑雪，单身的话也就算了，但他可是有妻室的人啊。"

藤田奶奶摆着手，像驱赶苍蝇似的。

"赶紧离婚吧，要不然吃亏的可是你。这孩子叫什么名字？"

"克林。"

纱英答道。

"是那个意式西部片里的名字吧。克林，今后还给你山芋吃。你是个好孩子，可得让我们纱英省心啊。好不好？"

"多谢您今天的山芋。那就下次见。"

"稍等一下，纱英。我还有句话要对你说。"

纱英刚要折返，就被老奶奶叫住。

"什么事？"

"明年开始，这片农田你想打理吗？"

"是您的农田吗？"

纱英在很久之前就从当地的农业协会手上借来三四亩农田种大米。收获的米让夫妻俩吃了一年，又送了一些给双方的家人和熟人，最后还有富余。即便如此，纱英也没考虑过增加收成，种植无农药大米不过是她闲暇时干的事。

"难不成，你已经没精力打理农田了？纱英，听说你是在网上卖蔬菜？"

"是的。"

"你既然能在上面卖无农药的蔬菜，为什么不考虑连大米一起卖呢？"

藤田奶奶这番话很有道理。其实也有网购的顾客想购买无农药的大米，还问过她为什么不卖大米。

"我也想过卖米……可我真没有时间打理这四亩三分地。"

"让你那个白痴老公帮忙不就行了？"

"他有他的事要忙——"

"出去玩可不是忙啊。总之，你好好考虑一下。我现在身子骨也不行了，但还是无法容忍自己的田变成休耕田。"

"说的也是，变成休耕田就有点……"

如果不种植大米，农田周围就会杂草丛生，到最后什么都干不了。没人打理的话，农田就会在短时间内荒废。接着，周边的农田也会受其影响。

"我会考虑的。"

纱英说道。

"你家那位白痴老公也该好好工作了。"

老人转过身去，背对着纱英和克林。纱英看着她年复一年逐渐变矮的后背，低声叹了口气。

"那我先告辞了。"

她背对着老人说完，手握狗链继续散步。克林配合着纱英的速度行走。

它不可能和人说话,也不会配合着主人的话点头。

它能做的只有陪伴。为何仅仅如此,就能让人感到救赎呢?

纱英的视线落到克林身上,冲它微微一笑。克林则直直地盯着前方,继续前行。

4

"我回来了。"

大贵一边小声说着,一边将玄关的门打开。天已经黑了,估计纱英睡着了吧?

他本来能早点回家,结果聊得太起劲忘了时间。代驾送他回家后才注意到此时已是深夜。

为了不吵醒纱英,大贵摸黑走进房间。

"什么东西?"

他忽然感受到一股陌生的气息,顿时僵住。空中浮现出两个白点。

"是汤巴吗?"

这时他才想起今天在牛岳山遇到的那只狗,空气中飘着沐浴液淡淡的味道。

仔细向黑暗中看去,狗的轮廓出现在眼前。

它站在走廊正中间,朝着大贵望去。

"吓死我了。你也不怕让我猝死!"

野生动物闯入家中也不是什么奇怪的事，毕竟大贵一家住在乡下。

大贵抓起放在鞋柜上登山用的探照灯，打开开关。灯光一亮，汤巴就将眼睛眯成一条缝。

"我没看错，你果然很漂亮。纱英把你洗得很彻底嘛。她就是那么细心的女人。"

大贵抚摸着汤巴的头，朝客厅走去，转身直接瘫倒在沙发上。

"喝多了……"

他边喃喃自语，边用手指按住自己的太阳穴。

汤巴跟了过来，趴在沙发下面。

"你吃饭了吗？"

话音刚落，汤巴就眼睛朝上看向大贵。

"过来，我的救命恩人……不，是恩犬才对。我要好好谢谢恩犬。"

大贵一招手，汤巴就站了起来，扑到沙发还空着的位置上。大贵一把抱住汤巴。

与在山上抚摸它时不同，现在的毛更柔顺些，手感也更加舒服。

"估计纱英已经忘记结婚前说的那些话了。她说有朝一日，要和狗生活在一起。可我总是吊儿郎当的，一直没有兑现承诺。或许是命中注定，和你遇上了。你这小家伙该不会是神明送来的礼物吧？"

大贵温柔地抚摸着汤巴的后背。他深知纱英对自己的不满越发严重，自己身为一个丈夫，实在是很不靠谱的。仅凭兴趣开了一家分文不赚的小店，夏天越野跑，冬天雪山滑，沉迷些无用的爱好不能自拔。

如果真心想要改正，就该和纱英一起鼓起干劲儿在农田上挥洒汗水，帮她派送网络订单。

道理他都懂，但就是无法付诸行动。

大贵自小就开始滑雪。初中的时候曾获得县里比赛的冠军，高中更是成为国民体育大会的选手。他的野心也越发膨胀，以为自己总有一天能参加长野冬奥会，并以此为目标努力。

可天不遂人愿，高三那年的冬天，他受了一次重伤。由于滑行速度过快而跌倒，摔得非常厉害。滑雪板被坚固的雪块撞裂，右脚也因冲击导致粉碎性骨折，右腿则是复杂性骨折。

手术和康复训练使大贵很难回归正常生活，更别说重回顶级比赛了。

好在他生性乐观，从挫折中爬起来并不是什么难事，但是在陡峭的雪坡上滑雪带来的速度感与刺激，让他久久不能忘怀。

不过由于无法重回赛场，再进行滑雪练习也变得毫无意义。

正巧这附近有大把喜欢山地滑雪的人。

凭借自己的脚力登到山上，然后借助滑雪板从上面滑下来。大贵很快就被山地滑雪的魅力所征服。他将海拔千米的山进行比较，然后从最容易爬的山入手，慢慢去征服海拔更高的山。

攀登雪山肯定需要体力，同时也需要技巧。除了滑雪，还要专注和登山有关的事。

为了提高攀爬雪山所需的体力，他开始在夏季进行越野跑。

他瞬间就沉迷其中，在高海拔的山顶上奔跑使他极度兴奋。

这本来只是训练中的一个环节，却变成了他的主要目的，他甚至从中感受到了有如在数场比赛中获胜的喜悦。

所以他才将工作扔到一旁，朝向大山不断奔跑。

大贵的性格存在缺陷。如果身体不活动起来，整个人就如同行尸走肉一般。在山里活动开身体的时候，他才能感知自己其实还活着。

"纱英总是过于善解人意，把我惯坏了。"

汤巴一直注视着大贵。

大贵的脑海中瞬间浮现出偶尔在电视新闻中所看到的场景：法庭上，检察官与律师各自表达自己的观点，法官则一声不响地倾听他们的发言。

汤巴就是那个法官，它不徇私情地聆听对方的意见，然后下达判决。

那我是有罪还是无罪？

想到这里，大贵不禁苦笑。

"今晚果然喝太多了。"

他站起身，借助探照灯的光亮，走向厨房，从冰箱里拿出瓶装的运动饮料。

关冰箱的时候，他注意到一个半透明的塑料容器。里面放着切到只有一口大小的蒸山芋。

难不成是纱英为汤巴准备的食物？

"你，吃山芋吗？"

大贵问走进厨房的汤巴。它竖起耳朵，摇晃着尾巴。

"好吧。不过这么晚了，少喂你点吧。"

大贵从容器中拿出五块山芋，喂给汤巴。吃完山芋，狗将脑袋伸向餐桌下面。那里铺有大贵买回来的尿布垫，上面放着盛有水的陶制大碗。

"都是纱英准备的吗？果然很细心嘛。"

大贵将瓶中的饮料一饮而尽。

纱英总是一个人包揽家务，赚钱养家也是。她从没有半句怨言，也绝不发牢骚。然而，她看大贵的眼神已经和结婚当初有着天差地别。

"我明白了。"

大贵喝完水对汤巴说。

"我明白了，这样下去是不行的，我要让越野跑和滑雪的朋友们也都大吃一惊。我并不是个无能的丈夫。"

回到客厅，他再度坐在沙发上。汤巴也坐在上面，将下巴枕在大贵的大腿上。

"汤巴，我明白了。只不过……"

大贵即将迎来不惑之年，他很清楚自己的体力正在衰退。

如今，每周只在山里跑一次的话，体力尚可维持，但要是每周跑两次，就很难说了。而且仅仅是跑步并不能满足自己，还要去健身房才行。

正因为如此，他对店里的生意才百般应付，与纱英相处的时间也越来越短。

纱英看他的眼神已经变了，他与爱妻之间的距离也越来越远。

不想办法的话——道理他都懂，但又该如何去做呢？

现在他只知道焦躁在不断增加。

尽可能朝着更高的目标前进吧,只要能参加顶级越野比赛,一切就都结束了。

"纱英,还有五年,还有五年就结束了,所以现在还要辛苦你。"

大贵朝着纱英正在睡觉的卧室说。

为什么是顶级越野比赛,难不成你是专业选手?你没搞错吧?——朋友的嘲笑声在大贵耳朵深处响起。

"再给我五年时间,就五年,到时候不论是种地还是什么工作我都会帮忙。"

这时,睡魔袭来,大贵把手伸向探照灯。

就在灯光即将消失之前,汤巴再次出现在大贵眼前,用它那如同法官般的神情抬头看向大贵。

大贵抚摸着它的头,然后闭上眼睛。

他很快便睡着了。

5

早上的时间匆匆流逝,纱英不停地收到夏季蔬菜——生菜与叶菜类的订单。她天还没亮就起床,然后到田里收菜,接着装箱,最后发货。这空闲时间里,她还必须准备饭菜,并且带着克林去散步。

她忙到不可开交,连休息的时间都没有。而大贵一过八点就被饿醒，纱英对他说，至少准备饭菜、带克林出去散步这类事他可以一个人做，但他只顾着逗狗，完全没有带狗出去散步的意思。

你是托谁的福才有饭吃？

又是托谁的福才能沉浸在兴趣爱好之中？

纱英一边用笔写着快递单，一边在心中咒骂、质问丈夫。

"那我先走了。"

说完，大贵就朝店里走去。那时已是上午十一点。

临近中午开门，下午六点关门。这家店如今能够做到这么大，全都仰仗着纱英牺牲个人时间，累死累活地工作。

纱英感受到大腿一阵温热，这才回过神来。原来是克林将身体压在自己腿上。

"啊，抱歉了，克林。"

纱英放下笔，将手放在克林的背上。狗对人类情感的波动真是敏感啊，克林估计是担心逐渐变得焦虑的纱英。

"情绪有些差，让你感到不舒服了？"

克林趴在纱英脚下，脸朝外望去。纱英注意到，不知从何时起克林经常将脸冲向西方。准确来说应该是西南方。

西边有什么东西吗？——纱英不止一次问过克林。理所当然，它没有回答。

估计只是巧合吧，还是说它原先主人的家位于西方？

她将克林的照片传到社交网站上，寻找克林的主人。多么训练有素的狗，狗主人一定倾注了不少感情。或许是某些差错，狗主人才将克林弄丢，现在应该也在拼命寻找它。

然而，并没有等来克林主人的消息，就连类似的线索都没有看到。

"你到底是从哪里来的？"

纱英问正趴着望向西方的克林。它竖起耳朵，却一动不动。

手机响起，纱英习惯性地接起来。

"喂？"

"是'风之里'吗？"

一位女士说出纱英网店的名字，那声音听起来应该有三十岁了吧？

"是的。"

"我是前几天买无农药生菜和黄瓜的顾客，菜昨天已经送到了。"

这人的声音听起来充满敌意，纱英调整好姿势。克林也站起来，偷偷看着纱英。

"结果切生菜的时候，里面爬出了青虫，有青虫啊！"

"对此鄙店表示非常抱歉。鄙店的蔬菜全都是无农药的有机栽培产品，采摘的时候都会确认，但有时候也难免疏忽。所以，我们在网页上特意说明过……"

"你在说什么呀？青虫，青虫啊！扯无农药干什么啊？菜里面有青虫你还拿出来卖，这不是有病吗？要是误食了这玩意儿，到时候谁来负责？"

她的话越来越多，声音也变得歇斯底里。

"我是说，鄙店的页面上对此作了声明。"

"你这是在埋怨我吗？埋怨我没有阅读注意事项就擅自打电

话过来？"

"不是，我没有这种——"

"你脑子没毛病吧？我这边吧，就是想吃到对身体有好处的美味蔬菜。可看见菜里有虫子，我就不能再信任你家了。"

菜里有虫子也没什么大不了的，吃之前仔细清洗就完全没有问题——纱英真想这样反驳。

"真心向您表示抱歉。可以的话，鄙店希望给您退款。"

"这不是理所应当的吗？谁愿意买有虫子的蔬菜啊？你这样赚钱，完全就是在诈骗，诈骗！"

纱英拿着手机的手在颤抖。

虽说偶尔会有些扯闲篇发泄不满的客人，但这样蛮横不讲理的客人真是头一回遇到。

骂人的话已经憋到嗓子眼了。

纱英与克林四目相对。

帮我一把，克林，快来帮我一把——纱英向克林请求帮助。

克林走过来，将下巴枕在纱英的大腿上，纱英那颗冰冷的心转眼就被它的暖意融化。

"我们立即帮您办理手续，劳烦您在首页办理退款。本次购物给您带来的不愉快，我们深表抱歉。"

"不会再有下次了。"

对方挂掉了电话。

纱英咬着嘴唇，抚摸克林。

"多谢。如果没有你在我身边的话，我估计就要发火了。对服务行业而言，这是大忌……"

克林抬起头,一下下舔着纱英的手。

不要在意这种事——纱英告诫自己。

"也是,要重新振作起来,还有很多事等着我去做呢。"

纱英拿起笔,重新埋首于整理快递的工作中。

不一会儿,手机再度响起。纱英提心吊胆地确认联系人。

是大贵。

"喂,是我。"

"我知道,怎么了?"

纱英嫌弃地问道。

"这么好的天气不出门真是太可惜了,所以我要去牛岳山跑步。晚饭就准备汉堡吧。"

大贵还是老样子,完全不在意纱英对自己的厌恶。

"我现在真是忙得像热锅上的蚂蚁,自己的老公非但不过来帮忙,还要去玩自己喜欢的越野跑。这样也就算了,可为什么连汉堡这么麻烦的料理还要我来做?"

纱英一口气将这些话说完。

"欸?你在为了什么事生气吗?"

"没什么。"

以前还觉得大贵是个天真烂漫的人,现在一想根本就是头脑简单四肢发达。大贵这个人完全丧失了体恤他人感受的能力。

"我想你也知道,我不愿意做单调的工作。我也想帮你,但我实在是做不到呀。"

"你就不能改改这种说话的方式吗?真是让人火大!"

"抱歉抱歉。"

大贵用压根儿不觉得自己有错的语气说话,这让纱英更加愤怒。

"总之,我先去了。晚饭就简单做点吧。"

通话结束,纱英握着手机叹着气。

"'真是辛苦了,你太不容易了。'为什么就不能这么说话呢?但凡说一句,也算是在安慰我。"

纱英将脸捂住。突然,一股寂寞之情堵在胸中,她哭了。

当初明明那么相爱,恋爱的时候明明那么热情。明明发过誓,说结婚后要给我幸福。

纱英一伸手就碰到了克林,如今也只有它能安慰自己。

"多谢你能在我身边。"

纱英把脸埋在克林毛茸茸的身体里,大哭不止。

6

"汤巴,过来。"

大贵跳入沙发的同时呼喊着汤巴,汤巴轻轻一跃就跳到沙发上,大贵抱住汤巴,使劲儿抚摸着它的额头、后背还有胸部。

看着汤巴高兴的样子,大贵不由得喜笑颜开。

"白天发生什么事了?纱英是不是情绪不太好?"大贵向汤巴问道,"从回家到吃完饭,她一句话也不对我说。"

他偷偷看向浴室,纱英习惯收拾完餐具后去洗澡。

"今晚吃的是速食咖喱。以前不论多忙,她都会认真做饭,不慌不忙地煮一锅浓浓的牛肉咖喱。我真的很喜欢吃纱英煮的咖喱，但是已经很久没有吃过……不对，也没这么夸张。上个月还吃过一次。"

大贵苦笑着挠头。

"总之，最近这段时间里她的脾气一直不好，她有没有拿你撒气？"

汤巴摇着尾巴。

"也是，纱英不是那样的人，估计就是太累了吧，她也是操劳过度了。"

尽管大贵嘴上这样说，其实他也有自知之明。自己之所以能肆无忌惮地干喜欢的事，完全是因为纱英没日没夜工作换来的。

"我只在意这些，是不是还不够啊？"

汤巴继续摇着尾巴。家里的氛围也因为纱英的负面情绪变得非常凝重，甚至让人有些待不下去。不过，汤巴的存在多少改变了这一切。

它不间断地摇着尾巴，想要缓和这沉重的氛围。

"你也认为不能想得太少吗？可我就是不擅长这种事啊，你会揣摩人类的心情吗？可我总是不知不觉就只考虑自己，该怎么做才好呢？"

"干什么？是让我跟着你吗？"

大贵站起身，汤巴向走廊跑去。

大贵跟在狗的后面，汤巴在玄关等着他。抬头望去，墙上挂着带它散步用的狗链。

"这个时候还让我带你去散步？你可饶了我吧。"

大贵站着不动,将双手插在腰间。

汤巴好像又对狗链失去了兴趣,从大贵身边穿过,回到客厅。

"你到底想干什么?"

大贵纳闷地回到客厅。汤巴将身体团成球,趴在沙发上。

"你想表达什么?想说就说出来呀。"

大贵一边注意着不要踩到汤巴,一边坐在沙发边上。

"只是想让我看看狗链,但不是为了散步?你也太为难我了……一只狗竟然跟人类玩起打哑谜的游戏。"

大贵有气无力地笑了,竟然自问自答起来。

"你要是会说话就好了。"

他抚摸着汤巴,瞬间,身体仿佛被一股电流穿过。

"对了,这时候纱英应该在昏暗的农田里收割蔬菜。你是想说,最好让我白天代替纱英,带你出去散步。汤巴,你想表达的是不是这个意思?"

原来汤巴把大贵带到狗链旁边,是想让大贵承担一部分家务,为纱英减轻负担。

"我才发现你这么机灵,看来是得好好犒赏你了。这样的话纱英就不再生我气了,你在这儿等我一下。"

大贵走到厨房,从冰箱里拿出啤酒和蒸好的山芋,回到沙发上。

他拉开啤酒的拉环,用啤酒轻轻碰了下它的鼻子。

"干杯,为了纱英不再生气。"

喝了一口啤酒后,大贵将山芋喂给汤巴。

"这是你暗示我想办法解决家庭矛盾的奖品。从明天开始,就由我带你出门散步，看来我要早起一点了。"

大贵一边开怀舒心地笑着，一边继续畅饮啤酒。

7

纱英从田里收完蔬菜回家，却不见大贵与克林的身影。

数日前，大贵突然对自己说："以后早上就由我带着汤巴出去散步吧。"

本以为大贵只是心血来潮，很快就会变回老样子，可他竟坚持每天早上带着克林出门散步。

遛狗这件事确实很难得，但在准备克林食物的事上，大贵还是延续了他一贯的粗心不着调的办事风格。

每次大贵准备好狗粮，都不得不由纱英二次加工——给狗粮里加入热水，并把喝水的碗洗干净，接满水。

如果克林吃完干燥零散的固体颗粒狗粮后直接喝水，狗粮会在胃里吸水膨胀，引发胃痉挛之类的病症。

克林刚被带回来的时候，大贵就时不时地用这种错误的方式喂克林狗粮，当时纱英就曾提醒过他，但他总是狡辩："啰里啰唆，你屁事好多。"到头来，因为凡事都有纱英操心，他干脆不再花时间主动给狗喂食了。

"我怎么就事多了？你喂狗的方式是有问题的，这对狗身体伤害很大。还有，它不叫汤巴，它是克林。"

然而大贵依旧坚持称克林为汤巴，纱英则称呼为克林。夫妻二人用不一样的名字唤狗,但都未执意去改变对方。反正狗被喊这些名字的时候都能做出响应。

"我们竟变成了这样一对夫妻。"

纱英一边在心里哀叹着夫妻关系,一边在碗里倒好狗粮,又将水壶里的温水倒在里面。

温水很快就冷却下来,浸泡在水中的狗粮也在十几分钟后失去形状,变成一坨糨糊。

就像爱一样。纱英与大贵之间的爱,在十几年的岁月之中失去了原有的样子,再也无法变回从前的形状。

想到这里,纱英不禁流下泪水。是大贵的错,才让自己这样不幸,才会愤愤到抑郁落泪。

可选择大贵的人正是自己啊。所以,只能打碎牙往肚子里咽。

纱英这样劝慰自己。

日子过到这般境地,她也没有想过远离大贵。

纱英泪如雨下。在地里干活的她洗干净满是泥土的手,用挂满水珠的手擦拭着止不住的眼泪。

她突然想——最后一次化妆是在什么时候啊?

无论怎么回忆也都想不起来,化妆和肌肤护理,都是十几年前的事了。

纱英回到卧室,坐在梳妆台前,偷偷看着镜子。干完农活的头发已被汗水浸湿,没有化妆的脸干巴巴的。明明还不到四十岁,可出现在镜子中的自己,仿佛已经六十多岁了。

这样下去可不行,起码先描个眉,再涂个口红。

她这样想着,摆弄着化妆品。

画眉用的眉笔需要削一下，可怎么也找不到削笔用的工具。不论哪个口红都已不是当下流行的颜色了。

纱英背对着镜子。

自己不该这样。

自己本该与相爱的人结婚，然后构建幸福的家庭。没有孩子不是任何一方的错误，两口子依然可以充满欢笑。

可如今，只有克林待在纱英身边的时候，她才能打心眼儿里笑起来。

"拜托了，克林，早点回来陪陪我吧。"

纱英无力地垂着头呢喃。

8

"今天咱们要去牛岳山，就是和你相遇的那座山。"

大贵握紧方向盘说道，他已经厌倦了带着汤巴在家门口跑步。

他不懂得那么多年来一直带狗沿着同一条路线散步的人在想什么。

如果遛狗的人走腻了这条路，狗肯定也会腻。

半道上，大贵在便利店买了专门的运动食物。

不论是登山还是越野跑，运动食物是必不可少的。人们常说饭吃多了容易疲倦，可若是体内的能量消耗殆尽，人就会陷入低血糖和低血压的状态，眼冒金星。在这种状态下，是没办法正常活动的。

想避免这种情况发生,就必须用随身携带的食物立刻补充体内的能量。

大贵还顺手买了专门给狗吃的肉干。

"汤巴也必须补充能量。"

水已从家里带好,带汤巴散步的同时还能在山里跑步。虽说不是正式训练,但也必须严格注意以上事项。

他将车停在老地方,换上跑鞋,做足准备活动后背上背包,牵好汤巴的狗链。

可以的话,大贵想在这里自由奔跑,可又不得不牵着汤巴,因为他也无法确信汤巴是否能跟着自己。如果不拴狗链,万一它在山中走丢就很难找到,到那时纱英估计一辈子都不会原谅自己了吧?

"走吧。"

大贵开始奔跑,汤巴也跟着跑了起来。它配合大贵的脚速并排奔跑,身姿甚是优雅。

"非常好,汤巴。"

步入山道后,汤巴退到大贵身后。一人一狗显然无法在狭窄的道路上并排跑步。

大贵边跑边调整狗链的长度。虽说是闭着眼都能奔跑的山路,但和汤巴在一起,不免生出别有一番乐趣的新鲜感。

"怎么样?汤巴,是不是很爽?"

汤巴仿佛在笑,大贵脸上也布满笑容。

"不赖吧。这么好的空气,是不是很棒?纱英可是不会理解越野跑的好处。"

脚上的肌肉和心肺都在最佳状态。即便比平常训练的速度快些，呼吸变快了，但肌肉也没有什么负担。

随着海拔增加，斜坡也越来越陡。

大贵打算不再提速。

训练肯定会进一步增加肌肉的负担，今天不过是换种方式带汤巴散步。

大贵苦笑道——自己有一个坏习惯，总是不知不觉中就会运动起来。

跑了大约三十分钟，大贵停下脚步。

"汤巴，稍微休息一下。"

他喝着水，调整着紊乱的呼吸。汤巴的呼吸虽说也很紊乱，表情却很平静。

第一次见到浑身脏兮兮的汤巴时，它应该已经在这座山里徘徊数个星期了，习惯了这里的自然条件，现在的它想必不会因为这点运动量就感到疲惫。

"你要喝水吗？"

汤巴抬头看向大贵，大贵将水倒进杯盖中，放在汤巴嘴边，它吧嗒吧嗒地喝着水。

"真羡慕你，你就是个天生的跑者。"

大贵摸了摸汤巴的额头，将水杯放回背包后，又拿出富含柠檬酸的药片放入嘴中。

仅仅如此，大贵的状态仿佛已经焕然一新，这或许和他乐观的性格有关吧。

他将肉干喂给汤巴。

"我不牵着你可以吗?你不会擅自跑到其他地方去吧?"

大贵问正在咀嚼肉干的汤巴,一直牵着它跑实在太麻烦了。

汤巴吃完肉干后,大贵解开它的狗链,放在背包中。

"咱们再跑三十分钟就回家吧?要不然纱英会担心的。"

大贵拍了拍汤巴的头,继续跑起来。

跑了十多步,他回头确认起身后,汤巴紧紧跟在后面。

"好样的,汤巴,你真棒。"

大贵大喊。

9

"真是的,他们到底去哪里了?"

大贵和克林还没有回来,纱英打了好几次电话,但大贵并没有接,给他发信息也没回。

"难不成遇到事故了?"

纱英坐立不安,开车出去寻找。

她绕着农道转了好几圈,就是不见大贵他们的身影。她还问了干农活的熟人,对方也说没见过大贵。

"到底去哪里了?"

她越发感到焦虑与不安。

克林要是出了什么事,她绝对饶不了大贵。

她一边握紧方向盘,一边如此想着,然后对自己的想法哑然。

如果真的遭遇什么事故,不仅是克林,连大贵都很难保证没事。可自己想的居然是宁可大贵受重伤，也要克林没事。

和自己生活数十年的丈夫相比，那只仅相处不到一个月的狗明显更加重要。

纱英把车停在路边，将身子完全靠在椅背上，闭上眼。

"看来，我们之间已经没有感情了……"

她嘟囔着，咬住自己的嘴唇。

10

大贵的视野变得开阔，前面是片碎石路。山道越发狭窄，大小不一的岩石跃然眼前。左侧有一处断裂的悬崖，万一发生意外，自己就要从将近五十米高的地方滑下去。

他开始减速，同时发现四周都是从陡峭的山体上滚落的岩石。

大贵呼喊身后的汤巴，汤巴以带节奏的喘息声作为应答。

在最开始的休息地点大贵还想着差不多三十分钟后就能下山，但是他又跑到忘乎所以，愣是又跑了快一个小时。

跑过这片碎石路就休息吧，大贵想，汤巴差不多也该累了。

他突然感到周身温度急剧升高，原来自己已跑得满身大汗，过热的体温烤得喉咙也干到冒烟。大贵汗如雨下，右侧大腿的肌肉也开始不由自主地抽搐着。

"跑得有些得意忘形，没注意到体力不支了。"

大贵嘟囔道，换作年轻的时候，他会完全忽视今天出现的这些小状况继续活动,如今却不行了。

状态的好坏是一阵一阵的,如果在状态好的情况下尽情放飞自我,在后半段可能就会无力继续。

他将常备在背包中的富含柠檬酸的营养药片咽下去,肌肉的抽搐立刻停了下来。

"一会儿休息的时候要补充水和营养物。"

还有一百米,碎石路就结束了,接下来就是在森林里奔跑。总之,先在碎石路上稍作休息吧。

"汤巴,再坚持一下,再跑一会儿就能休息了,然后咱们就下山回家了。"

在碎石路与林地的交会处,山道已映入眼帘。

还差一点就结束了——就在大贵这样想的瞬间,背后的汤巴突然大叫起来。

"怎么了?"

大贵回过头时,脑海里突然闪过与汤巴初遇时的场景。

"熊?"

熊出没的恐惧让大贵胆战,不能再跑下去了。为了遏制惯性,他将力气都集中在脚上,右腿内侧的肌肉却在此时突然抽筋。

"好疼!"

他疼得皱起眉毛,仅凭左脚站立,可左脚也在不断摇晃。这时他踩在了一块从峭壁上滚落下来的石头上。

坏了——在大贵意识到危险的同时,他失去了平衡,身体左斜,左脚滑向半空。

大贵拼死伸出胳膊,手向光秃秃的乱石堆抓去。

"汤巴！"

他向汤巴求救。

可为时已晚，大贵已跌落悬崖。

"汤巴、纱英——"

大贵喊着心爱的人的名字，接着，身体不知被什么东西猛烈撞击，很快就失去了意识。

11

直升机着陆后，一群穿着山地救援队队服的男人从直升机上走下来。随后担架也被抬下飞机，男人们就这样抬着担架，朝纱英走来。

纱英大口吞咽着唾液，想让自己镇定下来。

一上午过去，大贵和克林还没有回来，纱英突然想到了一个他们可能会去的地方，于是开车前往牛岳山。山道附近也确实停放着大贵的汽车。

估计是在山上发生什么事了。

察觉到丈夫久久不归可能是出意外了，纱英立刻动身前往警察局。

下午五点左右，富山县警局的山地救援队找到了跌落山崖的大贵的遗体。

年长的救援队队员走到纱英面前。

"从遗体上找到了驾驶证，想必应该就是您的先生。为慎重起见,能否请您再确认一下遗体?"

担架上的大贵的遗体上盖着一层薄布。

"我能不看吗?"

纱英反问。如果跌落山崖时撞到岩壁上,尸体会变得惨不忍睹。以前大贵给纱英科普过那些坠崖身亡的运动爱好者遭遇意外后的样子。

"您只须确认一下面部即可。不过,确实会有相当严重的伤痕……"

"我知道了。"

救援队员将盖在遗体上的布稍微挪开,纱英立刻闭上眼。

"是我家先生。"

纱英机械地应答道。

"非常感谢您的配合,也请您节哀顺变。"

救援队员将薄布复原,然后朝着大贵双手合十,低下头祈祷冥福。

"接下来,我们将会把遗体运到警方那里。"

"那个——"

纱英叫住救援队员。

"您还有什么事?"

"在我家先生跌落的附近,有没有见到一只狗?有点像是牧羊犬的杂交种,它应该和我家先生一同待在山里的。"

"救援队的队员们登山的时候好像见过那只狗,它就在您先生跌落的碎石路上,一直站在山道上俯视着遗体。好像一注意到我们,它就闪身躲开了。我们认为很可能是您家养的狗,已经派队员去找了，但目前还没有下落。"

"这样啊……"

纱英松了一口气，原来克林没事啊。即便只知道这些，纱英也感到一阵庆幸——狗没死就好。

"能否将狗的名字告诉我们？如果呼喊它名字的话，很有可能再次现身。"

"它叫克林……或者你们搜查时就喊'汤巴'吧。"

纱英答道。它和大贵一同上山，应该一直被喊作汤巴吧？若是这样的话，比起呼喊纱英取的克林，直呼汤巴这个名字，更能吸引它的注意。

"我这就告诉其他队员。"

"那就拜托你们了。"

纱英再次低下头，救援队则将担架抬往停车场。

从被告知发现丈夫遗体到现在，纱英的眼泪早已流干了。

都怪我动了那样的念头，大贵才会死——罪恶感愈演愈烈地折磨着纱英。

她望向天空。

"克林，早点回来吧。求你了。"

纱英对即将入夜的天空祈祷着。

※

"小狗还没找到吗？"

藤田奶奶在佛坛烧完香，转过身问纱英。

由于是事故死亡,大贵的遗体被送去司法解剖,一星期后才运回家里,告别仪式已于昨日举行完毕。至于消失的克林,已近十天没有见过它的身影了。

"你真是太不容易了。丈夫没了,就连小狗也不在了。"

"是啊,确实很寂寞。"

纱英露出微笑。

"不过,那狗真是个白眼狼。"

"我倒不这样认为。"

纱英说。

"不是吗?"

"原本我们俩是同心同德的人,但是,不知道什么时候变得离心离德了,连狗都能感觉到,我们身边不值得眷恋。所以,它去寻找真正属于自己的家人了。"

"我怎么听不懂你在说什么啊,纱英,你还好吗?"

"我还好。对了,明年开始,我会努力打理您的农田。"

"真的吗?"

"是的,从今往后我要更努力地工作。"

她将茶壶中的茶水倒出,把茶碗递给藤田奶奶。奶奶接过纱英递来的茶碗,品了一口茶。

如果能全身心投入工作,如果能充实地从早忙到晚,就没有时间被愧疚感折磨了。

不过,在此之前先养只狗吧。

纱英兀自斟满茶杯。

一个人要像一支队伍。

"我想起来了,有位熟人正在给小狗找下家。小纱英,你想要吗?"

藤田奶奶就像看透纱英内心似的开口说道。

"麻烦您帮忙牵线搭桥了!"

纱英立刻回答。

娼妓与犬

1

美羽打开车窗,夹杂着尘土的空气不断灌进车内。即便刮进来的是腊月的风,也难以吹熄体内的燥热。

汗水流进眼中,她用手擦去额头上的汗水,皮肤摸上去干巴巴的。

"讨厌,真是够了。"

她用湿纸巾小心擦拭着手上的泥渍,还是无法擦干净手指,美甲里也到处都是泥土。

赶紧回家泡个热水澡,把沾在身上的泥土都洗干净。

美羽从车载音响上的烟盒里取出一根香烟,叼在嘴上。点火的时候,她的手不住颤抖,无论如何都控制不住。美羽干脆放弃了,将没点着火的香烟扔到窗外。

就在把烟扔出窗外的瞬间,一个黑影扫过汽车大灯。她急忙猛踩刹车,轮胎滑地拖行,尘土飞扬弥散,美羽慌忙将车窗关上。

"什么东西?"

她停下车,暗中窥视刚刚飞窜到路边的那个动物,是鹿还是野猪?总不能是撞到熊了吧。前照灯照亮的地方充斥着尘土,并不能辨别出有无野生动物的身影。

"是错觉?"

美羽长叹一口气,继续用手擦拭额头上的汗水。皮肤上的皱皮更多了,手仍然颤抖不止。

"实在是太讨厌了。"

她刚要踩油门,就注意到前方有什么东西横在那里,距车大约有十米远,像是某种犬科动物,体形很大,反正不是狐狸或者狸猫。

"该不会是小熊吧?"

美羽不停地眨着眼睛,她曾听住在山里的爷爷讲过:

"小熊出没的附近必定会有母熊,千万不要轻易靠近。"

但是,她并没有在林道附近发现熊。

她战战兢兢地按响喇叭。除了前照灯以外,森林中不见丝毫人为的光亮,车鸣声如同被黑暗吞噬一般消失了。

突然她发现——躺卧着的生物将头抬起,在前照灯的照射下,它的眼睛折射出耀眼的光芒——是只狗,应该是只迷路的野狗吧?

"让道!"

美羽再次鸣笛驱赶狗,可它纹丝不动,只是抬起头,摇尾乞怜。

"不躲开点就压到你了!"

美羽大喊的同时再一次按响喇叭,然而狗依旧未动。

"算了,饶你一条小命吧。"

为什么自己总是遇上这种纠缠不清的麻烦事?想到这里,

她情不自禁地哭了起来。

就在数小时前她还发誓——绝对不要再这么痛哭流涕了。

"倒了血霉了！"

她骂骂咧咧地打开车门，想用假动作吓唬走狗，再立马关门扬长而去，但面对她的虚张声势，狗依旧一动不动地站在那里对她摇尾乞怜，眼里充满讨好。

美羽觉得它像是在请求帮助。

美羽绕到汽车后面，打开后备厢，取出一把满是泥土的铁锹，紧紧攥在手里。

"它是想要我怎么帮它吗？不是冒冒失失瞎跑到车跟前的吧？只要拿好铁锹，它敢对我怎样，我就一铲子把它拍飞。"

她双手紧握铁锹，精神紧绷着慢慢靠近那只狗。

它看上去像只牧羊犬，但体形偏小，或许是牧羊犬和其他狗杂交出来的吧。

"你，怎么了？"

听到声音后，狗尾巴摇晃的幅度变大。这狗难道就不怕人吗？

"是受伤了吗？"

狗下半身的毛好像被什么东西弄湿了。

"不会是血吧？"

美羽忘记了恐惧，蹲在狗身边。狗反复地大口喘着粗气。

"我就摸一下你，你可不要咬我啊。"

不再全神戒备的美羽轻轻伸出手，触摸狗的后腿，抬起被狗毛濡湿的手放在眼前——的确是血。

"怎么办,你受伤了啊。"

美羽本想从上衣口袋里掏出手机,但转念一想还是作罢。

这么晚来到这远离村庄的山中,要怎样才能说清楚理由呢?美羽无法想到适当的借口。

"你等一下。"

她对狗说完,回到车上。把铁锹放回后备厢后,又将防水布拿出,铺在后座椅上。防水布是她为了不时之需才放到后备厢里的,万万没想到会在今晚派上用场。

美羽回到狗的身边。

"能抱你吗?"

反正自己的身上全都是泥土,不必担心狗血沾在衣服上。

她将狗抱起,发现这只狗真是瘦到不像话,已经轻到令人难过的地步。

"咱们去医院吧。"

黑暗中,她低头看了狗一眼,狗则仰起头舔了舔她的鼻子。

※

狗的左腿被类似刀之类的尖锐的东西划破了。

急救医院的兽医说,说不定是被野猪的獠牙弄伤的。

兽医给伤口做了应急处理,对其他地方也一一进行了详细检查。

美羽先独自回家。

她将身体上的污渍洗净,简单吃了口饭,再度折返医院看望狗的伤势。

这并不是自己养的狗，大可就这样放在医院。对这只狗而言，她认为自己能将它送到医院就够仁至义尽了。

然而，它却在今天那个时间和地点与自己相遇，这一丝机缘巧合令美羽放心不下。

还有就是，那只狗的眼睛。明明自己身负重伤，命悬一线，却懂得从容不迫地向她寻求帮助，那是何等淡定的目光啊。

她很想知道，一只狗怎么会拥有这样的眼神。

在医院挂号的时候，美羽询问狗的病情，被告知手术已顺利结束，狗已经没有生命危险了。

美羽刚松了口气，主治医师就走了过来。

"果不其然，是被野猪弄伤的。须贝女士刚才说这不是您自己养的狗？"

"是的。它摔倒在路上，碰巧被我看见。"

"是在山里看到的吗？"

"对。"

"它的体内植入了芯片，里面的信息显示它曾在岩手县被人饲养，名叫多闻，是只四岁的牧羊犬。明天我们会尝试联系狗的主人。"

"那个，狗的身体状况如何了？"

此时已经几近天明，兽医忍不住连连打着哈欠。对普通人而言，即便不是因为值夜班通宵未眠，这个时候也会犯困，可对美羽来说，在这个时间保持清醒是常事。

"它腿上的伤没有看上去那么严重，检查血液也没发现感染病和其他问题,只是因为营养不良,体形过瘦。不知你是否愿意给它打上点滴,输些营养液?如果住院的话,我想差不多两天时间就能恢复健康。"

"如果没有找到狗主人,要怎样处理它呢?能从岩手县跑到这种地方,肯定不是一般的狗。"美羽如此追问。

兽医面露难色地回答:"可以把它带去卫生站,卫生站会给它寻找新的主人,如果没找到的话……"

"它会被杀掉吗?"

"如果你不忍心,可以选择领养。"

"我吗?"

美羽用手指着自己。

"这小家伙看着像牧羊犬的串儿,我估计找到领养人的概率会很低。如果是有人气的品种,或者日本犬的杂交种,就另当别论了。"

美羽的视线向下一沉。在狗恢复健康之前,自己只要有时间,来探望它多少次都不成问题。可如果饲养它,那就是另外一回事了。

"不用着急现在就决定。它还是很有可能被自己的主人认领的。现在麻药劲儿还没过去,它还在睡着呢,你想去看看它吗?"

听完医生的话,正在考虑领养事宜的美羽点了点头。

"那我来带路,这边请。"

他们走进挂有手术室牌子的房间,穿过诊察手术台往里走,里面堆放着很多笼子。狗就横躺在其中一个笼子的中段里,左前腿上插着打点滴用的管子。

"就算麻药劲过去了，一时半会儿它的体力也无法恢复，应该会一直睡到早上。"

美羽把脸凑到笼子旁边，向内窥视。护理师已将狗清洗干净，脏兮兮的毛变得漂亮起来。她仿佛能从狗安详的睡姿中感受到它洋溢的自信。

"你和野猪大战了？"

"万幸它的伤口不深，我们这里偶尔也会接到被野猪獠牙刺伤的猎犬，它们就没这么幸运了。"

"这小家伙是猎犬吗？"

"我想应该不是。"兽医微笑着回答，"十分钟后这边会派护士过来。在此之前，你可以和它待在一起。"

说完兽医便走了，美羽继续看着狗。

"为什么你会待在那座山里？为什么你要孤身和野猪大战？"

"你的主人在哪里呢？你为什么会从岩手县来到这么远的地方？"

美羽知道它不可能作出回答，问题却接二连三地浮现在脑海中。

"算了，万一没有联系上你原先的主人，就让我来当你的新主人吧。"

美羽转身走出病房，径直朝医院前台的护士站走去。

"请问我需要办理什么手续才能领养这只狗呢？"

护士站里的中年女职员惊讶得瞪大了眼睛。

2

"我回来了。"

美羽说着走进屋子,雷欧出现在她面前。每次开门之前,她都知道雷欧会在门口等候。

与它倒在林道旁被发现时相比,身体要胖了两圈。每天用刷子给它刷毛,毛都变得油光水滑许多。

狗已经出院大约半个月了。由于没能和登记芯片的主人取得联系,最终它还是被美羽领养。雷欧不会乱叫,也不会随地大小便,极为自然地融入了和美羽在一起的新生活里。

美羽担心继续用多闻这个名字可能会让狗想起之前的主人,于是避开了这个名字,用她以前看过的某部动漫中的主角——一只白色狮子的名字来代替,她觉得雷欧这个名字很符合它的气势。

美羽将手伸出,雷欧嗅了嗅气味,不慌不忙地舔着她的手背。仿佛在帮美羽清洁被那群不认识的男人弄脏的身体,美羽总是任它想舔多久就舔多久。

"今天过得怎么样呀?"美羽问候着爱犬。

雷欧舔够之后,美羽脱下靴子,径直走到浴室,仔细洗手。然后给雷欧的狗盆里倒满狗粮,放在厨房的角落里。

雷欧坐在碗前,抬头看向美羽。

"吃吧。"

听到口令后,雷欧起身将头伸向碗中。美羽坐在餐桌旁的椅子上，静静看着雷欧吃饭。

她独自一人住在两室一厅的宽敞公寓中，不过，这间大房子和雷欧一同居住刚刚好。美羽待在家的时候，雷欧还可以在房中随意跑步。

碗里的狗粮瞬间见底。

"休息一会儿吧。"

洗完碗，美羽对雷欧留下一句话后就走向浴室。她慢悠悠地洗了个澡，大约花了近一个小时。

饭后不要立刻带它散步——雷欧出院那天，兽医教给美羽很多养狗的入门知识。狗粮会在胃中膨胀，如果此时进行剧烈运动，胃痉挛的概率会变高。

"等你消化好了，再去散步吧。"

雷欧在浴室门口等着她，它知道美羽洗完澡就会带自己去散步。

"雷欧可真聪明。"

给雷欧佩戴好项圈和狗链后，美羽也换上了运动鞋。

"今天出趟远门吧。"

走出公寓，他们朝停车场走去。看到汽车，雷欧小声叫起来。最近美羽才明白，它的反应不是在生气，而是兴奋。

雷欧坐到后座上，车随后也出发了。

黎明前的大津市，见不到人，也见不到路过的车。

美羽超速开着车。

她很喜欢车，不论是开车还是坐车。这辆轻型汽车就像人们常说的单间，只要坐在车里，转动钥匙，便不再受他人的骚扰。

闲暇时独自一人开车兜风，是美羽唯一的消愁方式。

"不过，如今你也能消除我的烦恼，雷欧。"

美羽对后座的雷欧说，雷欧的目光全都集中在一点上——车子正向城市西边驶去。现在向北行驶的话需要左转，向南行驶的话需要右转，而雷欧紧盯着的正后方是东方。

雷欧像是在寻找些什么，但此时的美羽对此一无所知。

"咱们去湖东逛逛吧。大冬天的这个时间，应该没人会去那儿，咱们就玩个痛快吧。"

美羽这样说着，却不见雷欧有半点反应，它只是朝一个方向看去。

十字路口的信号灯变成红色，美羽停住车，对面驶来一辆蓝色的铃木牌城市越野车。

"必须换一辆车了……"

美羽看着那辆越野车，喃喃自语。美羽现在开的是一年前买的新车，里程还不到五千公里。尽管如此，美羽还是想换车想到发疯。

信号灯刚一变绿，美羽就踩住油门想往前走，没想到汽车急速熄火了，她只得重新发动引擎再驱车离开。

"铃木的城市越野车啊……这车太轻了。要换车的话，下一辆该换什么好呢？"

美羽喜欢开车，但对车并不挑剔，只要不费油，哪种车都行。该好好和奈奈惠聊一下了，她想。

奈奈惠是个汽车发烧友，每个月都会前往铃鹿市，在赛车的环形路线上痛快奔驰。她之所以和美羽一样做皮肉生意，就是为了攒改装汽车的费用。

车道不断向北延伸,其尽头便是琵琶湖。雷欧则将头冲向左侧,望着窗外。

再往北开一会儿,车就能抵达终点,如今已能见到停靠在岸边的帆船和船坞。美羽先是在前面的路口右转,开到头左转,出现了一座公园和海水浴场。这里便是美羽的目的地,夏季的海水浴场会挤满游客,可只要旺季一结束,这里就罕有人烟。

随着汽车前进的方向发生改变,雷欧也跟着转头。

"你在找些什么?"

她试着问了一句,但雷欧不可能回答。美羽叹着气,打开车载音响,车里响起晴哉喜欢的音乐。

不论点击下一首还是随机播放,全都是晴哉喜欢的音乐。

"我这是倒了什么霉啊!"

美羽噘着嘴,将音响关上,然后打开车窗,令人发抖的刺骨冷风流入车内。

"啊,好舒服哇。"

她大喊。

后视镜里的雷欧将视线转移到美羽身上。

"你是不是也很舒服?狗应该喜欢寒冷吧。"

气流声越来越大,雷欧也摇起尾巴。

"我说,雷欧,你倒是唱一句呀。"

美羽说完,立刻模仿了一声狗的嗥叫。雷欧听了把头一歪。

"不像吗?一点都不像吗?"

雷欧一脸困惑似的歪着头,看上去十分滑稽。美羽笑了。

突然，雷欧发出大叫，像刚才一样的嗥叫。

美羽止住笑声，仔细听着雷欧的嗥叫。

那叫声雄浑有力，拖着长长的尾巴，给人一种悲哀之情。

"你是在呼喊谁吗？是朋友，还是主人？"

美羽问。可雷欧并不回答，只是继续嗥叫。

※

"我真是太傻了。"

美羽一边望向湖水，一边发愣似的嘟囔着。东方上空的太阳光直射到清澈的湖面上，反射出耀眼的光芒。

雷欧痛快地在沙滩上来回奔跑，它伸出舌头，有条不紊地反复呼吸。

"太阳从东方升起，想看湖上的日出，必须去对面湖的西侧才行啊。"

琵琶湖的东侧应该很适合看日落，但看日出就不太行。

"我一直是这个样子，总是缺根弦，可能是脑子不太好使吧。"

美羽蹲下来，温柔地抚摸着雷欧的额头。

"看来你的腿已经完全好了啊。"

美羽又摸了摸雷欧受伤的后腿。刚离开医院时，雷欧走路总是拖着后腿，如今已经完全不会那样了。伤口周围被剃掉的毛发也一点点长了出来。

"我刚遇见你的时候，真是被吓了一跳，实在是太恐怖了。"

美羽"扑哧"一笑。

"不过我也清楚。你和我有些像,都很聪明,就是有点迟钝。你在山中受伤后跑到林道上,是不是认为只要守在那里,就会有人过来?"

美羽的脸一凑过去,雷欧便舔起她的鼻尖。

"哎,害羞了。你确实很聪明,但在那个时间、那种林道上,是不可能有人经过的。你就庆幸我路过了那里吧,难不成你真知道我会经过?"

那条林道没有岔路,路延伸到山里的某处便戛然而止,开过去的车子都要往回返。

"应该不可能吧。"

美羽摇了摇头,接着抚摸起雷欧的后背。

羽绒服口袋里的手机发出声响,美羽刚摘掉手套,迎面而来的风便拂过她有些湿润的手背。她感到自己的体温被迅速夺走。

今年是暖冬,可冬天毕竟是冬天。即便中午再怎么暖和,一早一晚还是冷得不行。

她从口袋里掏出手机,是木村打来的电话。

这男人类似于晴哉的大哥,长得斯斯文文,细皮嫩肉像个女孩子,却是个心肠歹毒的家伙。

美羽没接电话,而是将手机关机。

"天变冷了啊。"

她站起身,拂去沾在运动裤下面的沙粒。

"回车上吧。"

狗链重新绑在雷欧的项圈上,它没有丝毫抵触。它明白嬉戏打闹也要见好就收，乖乖听话就还能再出来玩。雷欧向来都很温驯，完全服从着美羽的命令。

看来自己在网上学到的教育狗的方法完全是多余的，美羽多少为此还有些失落。

美羽与雷欧一同坐到车的后座上。她将从便利店买来放在车上的矿泉水瓶盖拧开，倒进雷欧喝水的碗中。雷欧瞬间便将水给喝光。

美羽也喝了些水。

"一起睡觉吧。"

她躺在后座椅上，雷欧则趴在美羽的肚子上。虽然被它压住了，但能感受到雷欧那暖乎乎的体温，这让美羽很开心。

如果自己待在家，木村多半会找来。晴哉已经失联半个多月了，他恐怕欠木村的钱没有还。

在这个地方，待在车里，就不怕被他骚扰了。

美羽闭上眼。雷欧的体温和照进车内的晨曦，令她不再感到寒冷。

3

从情趣酒店出来，美羽朝停车场走去。她所属的桃色会所不会派人接送，像美羽这样和会所签了工作协议的女人，需要自行前往手机上通知的情人旅馆，完事后自己收钱，再自己回家。

除去自己应得的份额，用不了几天，剩下的钱都要交给来收钱的男人。

有时她会心生携款逃跑的念头。其实她也有所耳闻,那些携款逃跑的女人下场都很凄惨,所以美羽不会冒险做这种毫无价值的事。

一晚的客人最多三个,这附近有一家名叫雄琴的洗浴中心,想速战速决的客人大多会去那里。而对鸳鸯浴不感兴趣的家伙,则会给美羽所在的私人会所打电话。

收钱的人每周来一次,但这段时间内赚来的钱本就不多。

美羽拿起手机,此时已过深夜,她今天想早点结束工作。不知怎么回事,今天一个客人都没有。年末期间人们并不会太忙,应该是近期花销太多,手头不宽裕吧。

美羽找到停车场,从皮包中取出钱包的时候,她停了下来。不知道是谁倚靠在她的车头上。

她再次拿出手机,由于没有负责接送的人,美羽经常待在休息室,能够在紧急时刻派上用场的男人的电话全都存在手机里。每当与客人发生争执,只要一个电话他们就能赶到。美羽已经做好打电话的准备。

美羽凝视前方。灯光中照射出一个人影,她不确定那个剪影究竟是哪个男人,不过那个人好像在抽烟。

"哎哟,美羽,好久不见。"

那个人影朝美羽走来,她屏住呼吸,一看到身体的轮廓就知道对方是木村。

"你有什么事?"

美羽毫不客气地问。

"谁叫你不接我电话的,没有办法,我只好特意赶过来了。"

木村把香烟扔到地上,用鞋底将其踩灭。

"我晚上太忙,白天一直在睡觉。"

随着木村不断靠近,他的脸也越来越清晰。他向来都是这样,充满谎言的微笑总是挂在那张端正的面孔上。

"我都快半个月没有联系上晴哉了。"

"他偷了我的钱跑了,大概又去搞什么博彩之旅了吧。"

美羽回答道。赌博机、麻将这类玩意儿自不用说,就连赛马、竞轮、赛艇在内,只要是和赌博有关的项目晴哉都会参与。大津有一家赛艇场,以前还有一家竞轮场,现在已经关张了。要是他再走远点,京都和宝塚还有赛马场可供他游戏。因此,有许多晴哉这样的人也并非不可思议。

晴哉号称要搞一场博彩之旅,走遍全国的赛马场与竞轮场。即便他一个月不回家,也不是什么稀罕事。

总之,他只要有钱就会赌到忘乎所以,钱用完后就会回到美羽身边,向美羽索要新的赌资。

"他在电话里告诉我自己出门旅行了,到现在一直没回来。"

"你这么说,我也很为难。"

木村重新叼上一根烟。

"但他确实借了我不少钱。"

预料之中的一句话。

"这样啊。"

美羽故意冷淡地说出这句话。

"我最近也需要用钱,希望他最好能还。"

"那你就去跟晴哉说啊。"

"我就是因为联系不到他才来这里的，你不是晴哉的女人吗？那你就替他还钱吧。"

"别开玩笑了，我卖身的钱全被晴哉拿走了，我的日子过得也很艰难。"

美羽从木村身边穿过，准备开车离开。这时，她的左手手腕一下子被抓住。

"往哪儿走？我的话还没说完。"

"你今天要是敢对我做些什么，大圆先生可不会坐视不管的。"

美羽说出会所老板的名字，大圆是青龙帮二当家的小弟。

"我不会对你动手动脚的，我好好跟你说呢。"

"那你还让我替他还钱？我不是都说过没钱了吗？这附近能找到的生意本来就少得可怜，老主顾也都去找年轻姑娘了。"

美羽今年不过二十四岁，世人眼中还是个年轻女子，可在这一行已经算是半老徐娘了。花钱买女人的男人们总是喜欢聚集在二十岁左右的女子身边。

"你在这种穷酸的地方接客，境况肯定不会好。不去京都或者大阪试一试吗？只要能去那些所谓的大城市，你的业绩肯定能再创辉煌呀。"

"这话还是对其他女人说吧。"

美羽挣脱木村的手，付了停车费。木村见状，没有再接近美羽。

"总之，不还钱的话我这头也不好办。就这一句，劳烦你在电话里转达给晴哉吧。"

"我不会联系他的,他只要在赛马或者竞轮上赢到钱,就会继续玩下去。等他把钱输光了就会回来。"

"所以说,你想让我们趁他有钱的时候抓住他?"

"你这么打算我无话可说。"

美羽坐上车,关上车门,发动了引擎。木村则站在车的旁边,一边抽着烟,一边死死地盯着美羽。

"等晴哉再回来了,你就来找我,跟着我吧,一定让你好好快活快活。"木村说。

"去死吧。"

美羽小声咒骂道,然后驱车驶出停车场。木村用手指弹掉快要烧完的香烟,弹落在挡风玻璃上的烟灰溅出了火花。

美羽粗暴地发动汽车,木村则配合表演似的夸张地闪开,他一直挂在脸上的冷笑着实令人感到不爽。

其实今晚有个下流的客人要和美羽玩变态游戏,本就有些精神紧张的美羽拜木村所赐,更加焦虑起来。

快要离开主干道的时候,前面的信号灯变成了红色。美羽死死踩住刹车,车子熄了火。

她的脑海里浮现出雷欧的脸。

美羽用力地一直踩着刹车,闭上眼睛。

"救救我,雷欧。求你把我洗干净吧。"

她在向脑海里的雷欧祈求,雷欧则用可以看透人心般的眼睛望向美羽。

※

美羽小心翼翼地走近公寓，不排除木村提前蹲守她的可能性，他可属于狗皮膏药一样难缠的男人。

但美羽的担心是多余的，并没有见到木村的身影。她放心地走进公寓，坐上电梯来到六楼，用钥匙打开房门。

平常雷欧总是在门口等着自己，这一次却不见它的身影。

"雷欧？"

她边脱鞋边呼喊着雷欧，可还是不见其踪影。

"雷欧，你怎么了？"

美羽心生不安，放下包后便向房间里面走去。只见雷欧趴在客厅的中央，周边散布着污物。看上去，应该是从它胃里吐出来的东西。

"雷欧，你怎么了？为什么会这样？"

美羽全然不顾那些呕吐物，直接将雷欧抱起，它虚弱地躺在美羽的胳膊上。

"骗人的，你别闹了，雷欧，振作一点。"

雷欧睁开了眼睛，它抬起头，舔着美羽的脸颊。她已感受不到雷欧舌头原有的力度。

"咱们这就去医院，雷欧，你再坚持一下。"

她就这样抱起雷欧朝玄关走去，门都没有锁就直接离开房间。乘坐电梯到达一楼的这段时间里，美羽感到时间变得无比漫长。

美羽跑到车前,将雷欧平放在后座椅上。

"究竟是怎么搞的啊?"

美羽开车疾行,直奔那天晚上发现雷欧时的那家有夜间急诊的宠物医院。半道上,她给医院打去电话,告知了雷欧的病状。医院说,他们会在医院门口等着。美羽一到,就能第一时间就诊。

"雷欧,撑住啊,你可不准给我死掉。"

不安与恐惧盘踞在她的心中。虽说和自己生活的时间并不长,但美羽已经将雷欧视为必不可少的存在,她无法想象没有雷欧的生活会变得怎样。

她用了十分钟就开到了宠物医院,要是按照白天的正常车速和路况,需要足足用上半个小时,好在没有被人发现自己夜里在无人的街道上超速疾驰。

兽医与护士和电话中说的那样,已在医院门口等待着美羽的到来。车停在停车场的时候,担架也跟了上来。雷欧被放在担架上,送到了手术室。

"它看上去呼吸有些痛苦,像是要吐了一样。"

美羽给雷欧听诊的兽医说道。

"先给它做一个血液检查,再根据检查结果,看是否有需要拍片,或者做一个核磁共振。"

"一切全听医生安排。"

美羽祈求般地说道。

在等待室等待的这段时间,美羽一直向上天祈祷。

神明啊,求你们了,请救救雷欧吧,不要将雷欧从我身边夺走。

自美羽懂事开始，她就没有向神明祈祷过。因为从一开始，她就不相信神。

然而，今天她却依赖起从不相信的神明。

兽医走出手术室，手上还拿着一张纸。美羽见状从沙发上站起来，跑了过去。

"是急性肾功能不全。"

兽医的话直戳美羽的胸口。他将手中的纸递给美羽，上面记录着血液检查的结果。

兽医解释着尿素之类的事，但美羽没有听进去他说的话。

肾功能不全岂不是很糟糕？

美羽的大脑里不断重复着同样的问题。

"须贝女士？"

兽医反复喊着美羽的名字，她这才回过神来。

"啊，我在。"

"近期，它的饮水量有没有异常增加？"

美羽点头。经过和兽医一番交谈，美羽回忆到这段时间里，雷欧确实喝了超出普通犬类所需的数倍的水。

"仅通过血液检查并不能知道具体病因，恐怕是病毒引发的病症。"

"病毒？"

"想必它一直在山中打转，被蜱虫咬伤了。蜱虫是病毒传播的媒介，这也是很常见的现象。狗被感染后用不了多久就会出现症状，为了抵抗病毒，体内的负荷全都堆积在肾脏，导致它现在无法正常排除尿素。"

"能否医治呢？"

美羽问道。如果可以的话，她真想死死抓住兽医的手，求他无论如何都要治好雷欧。

"它这不是慢性症状，而是急性病。为以防万一，先住院观察一天吧。它类固醇的免疫有些弱，如果喂它吃促进排泄体内毒物的药的话，我想应该一周就能恢复健康。"

"一周？"

美羽怀疑自己听错了。

"是的，这还要看伤口的愈合程度。这孩子的身体好像有些底子，这样一来或许会提前康复。"

"太感谢您了。"

"一般来说恢复精神后就好了，但如果你不放心，可以一个星期后再带它做一次血液检查。"

"好的，谢谢您了，真是太谢谢了。"

兽医发出苦笑。

"须贝女士，您是第一次养狗吗？健康的狗如果出现乏力或是呕吐的症状，无须过度害怕，尽早带来即可。况且这也不是什么重病，检查后开药就能治好。"

"话虽如此，还是要感谢您。"

美羽对医生深鞠一躬。

※

回家后，美羽深感疲倦。此时，天空早已泛白。

洗过澡后，她慢慢喝着玻璃杯中的白葡萄酒。

雷欧不在身边，房间空旷了许多。

既寂寞，又无助。

像是排解心中苦闷一般，美羽又在杯中倒入葡萄酒。

须贝女士，你是第一次养狗吗？

她想起兽医的话，自己确实没养过狗，但是，她记得爷爷养过狗。

爷爷在紧挨着福井县县界的里山中务农、捕猎。奶奶五十几岁就去世了，之后爷爷一直独自生活。由于工作需要，爷爷的家中必定伺养着狗。

美羽的父亲是须贝家的次子。从名古屋的大学毕业后，由于担心爷爷，便在大津找了一份工作，安定下来。长子在东京上班，长女则嫁到大阪。父亲总想着应该有人陪在爷爷身边，但自己也被手头工作忙到分身乏术。他们家每年看望爷爷的日子也就那么几次：盂兰盆节、新年或是黄金周之类的日子。

爷爷又是那种不好伺候且不善言辞的老人，即便是和孙辈的美羽聊天，也很少见他露过笑脸。所以在美羽眼中，爷爷是可怕的。

但那张面孔一谈起当时养的纪州犬大和，就会变得开朗。

年幼的美羽认为大和会使用魔法，是大和使用了魔法的力量，才让爷爷露出笑容，不再过于严肃。

每次去爷爷家，美羽必定会待在大和的身边。只要这样做，就能见到爷爷的笑容了。而且她每次抚摸大和都感到很温暖，大和也因此对美羽很温柔。

美羽小学三年级的时候，得知大和死了。

她还为大和与爷爷哭了一整晚。

爷爷也以大和之死为契机，不再参与打猎，估计也是因为岁月不饶人吧。

从那以后，美羽的身边就再也没有出现过狗。

她继续喝着白葡萄酒。

自己为什么会想起爷爷和大和呢？

"好想再见爷爷与大和一面啊。"

美羽自言自语道。

雷欧和大和很像。

就像大和对待爷爷那样，雷欧也能让美羽的心感到温暖，它也拥有能令人微笑的魔法。

"我好寂寞啊，雷欧。"

美羽把玻璃杯放在桌子上，几乎是爬到了床上，然后钻到被子里。

平常总是被雷欧焐热的被褥，在这伤感中变得很冷。

4

"雷欧，不是那边。"

美羽斥责了脱离散步路线的雷欧后，雷欧就老实地跟在美羽身边，陪她一同散步。

美羽叹了口气。

最近雷欧擅自跑进巷子里的次数增多了，向北走的时候它往左拐，向南走的时候它往右拐。

就跟坐车的时候一样。

美羽确信，雷欧想去西边。

肯定没错，它在山中徘徊，还与野猪大战，身负重伤，都是在西行路上发生的事。

西边到底有什么东西啊？

是和它走散的主人吗？

怎么可能啊？这么远的距离，不可能吧？雷欧的主人可住在岩手县。

虽说美羽一度否定了这种想法，但这样的事情发生在雷欧身上也不是没有可能。它的主人会不会从岩手县搬走了？

以前，自己就曾在电视新闻中见过，有的狗为了能与主人相见，走了数百甚至数千公里。

狗或许拥有人类无法具备的神奇力量。

"还想和主人再见吗？"

美羽问雷欧。它应该能听懂，但没有任何反应，只是配合着美羽的步速。

"和我在一起不快乐，不幸福吗？"

雷欧止住脚步，缓慢地抬起头。一对深思熟虑的眼睛捕捉着美羽，仿佛要将她吸入漆黑的眼眸之中。只可惜，美羽始终无法得到答案。

"不好意思，对你说了奇怪的话。"

美羽继续往前走。

多亏喂它吃的那些药，雷欧才能完全康复。第二次血液检查的结果也很不错，兽医打包票说不会复发了。

随着雷欧的身体恢复健康，美羽又开始带它在黎明前散步。

每天美羽下班回到家，都会给雷欧喂饭，然后去洗澡。之后就带雷欧出门散步。洗完澡后燥热的身躯在冬天的空气中甚是舒服。经常一不留神，就走了很长的路。

每天的长距离步行，也让美羽的身体状况好了不少。

和雷欧相遇之前，由于身上沾染了男人们身上那难闻的气味，美羽回家后如果不大口喝酒，就根本睡不着。

如今她喝酒的量也在下降，而且每天回家雷欧都会舔美羽的手背，帮她清理身上的污秽。

他们走出干线道路，向右拐，在宽敞的人行道上走了一会儿。下个路口依旧右转的话，就能走到小型商店街上。横穿过去，就是住宅区的狭窄小道。

美羽和雷欧走在干线道路上，一辆车突然在前方掉头。是辆本田跑车，估计私改过车胎和引擎，引擎的声音异常大。

跑车在美羽身边停下。

"哎哟。是只小狗崽，你什么时候开始养狗了？"

副驾驶室的车窗被打开，露出了木村的脸。

"就在前不久。"

美羽冷淡地答道。

"晴哉不是讨厌动物吗？等他回来岂不是要出大事？"

"我威胁他说如果不让我养狗，我就要把工作辞掉，他就百依百顺了。"

美羽的谎言让木村大笑。

"真要那样的话,他确实得对你百依百顺啊。你是什么时候跟晴哉说的这话啊?"

"在他这次玩失踪之前。"

"那快一个月了。"

"估计是少见地赢钱了,钱没输光,他是不会回来的。"

"换句话讲就是,只要没钱了,他就会立即回到你身边,但除非晴哉祖坟冒青烟了,否则不可能连续赢上一个月。"

"人这一生,终归会被幸运眷顾一次。咱们走吧。"

美羽对雷欧说完,继续往前走。

"我可听人说,晴哉被美羽杀了。"

听到木村的话后,美羽停住脚步。

"和你在同一家会所的女人说,你曾扬言要杀掉晴哉。也是,晴哉确实是个败类,你把他杀了也是应该的。我也听过别人讲他的那些事。"

"扬言要宰了他和动手把他杀了是两码事。"

美羽转过身,心快要跳出来了。

雷欧龇牙低吼着。

"就前阵子,那天晚上,我们在停车场碰面。由于你一直没出现,我闲来无事,往车里瞥了一眼。后备厢里铺着蓝色的防水布,布的一角好像沾了什么,那个,应该是晴哉的血吧?"

美羽拼命压制住快要颤抖的身体,木村应该是在套话,不能上他的当。

那块防水布也得立刻处理掉。和雷欧在一起生活后,日子太充实,防水布就一直放在车里。

"要不我去找一下警察?我就跟他们说,我的好朋友森口晴哉已经失踪一个月了。美羽,我这样说如何?"

"随你便。"

"晴哉找我借了五十万,如果你能如数凑齐给我,防水布的事我就当没发生过。"

"没事,忘不忘随你便。"

"'我猜他应该是被埋在哪座深山里了。'我要真跟警察这么说,他们能否立刻找到尸体呢?"

美羽回过头,她拽动狗链,示意不断吼叫的雷欧安静下来。

"我等你到后天。五十万,拜托啦。"

木村的脸消失了,跑车的引擎发出强烈的响动。

雷欧还在吼叫。

跑车排出尾气,向远方驶去。

"雷欧,别叫了。"

可雷欧还在嘶吼。

"给我住嘴。"

美羽粗暴地拽动狗链,雷欧才止住叫声,它困惑地抬头望向美羽。

它的眼神像是在说:我明明是在守护你,为何要阻止我?

"抱歉。"

美羽蹲下身,将雷欧抱住。

和木村说话时的耐心早已崩溃,她的身体不断颤抖,无法停下。

"怎么办？雷欧，你觉得我要怎么办？"

雷欧摇着尾巴，舔着美羽的脸。

想到它应该是在安慰自己，美羽就哭了起来。

"谢谢你，雷欧。我喜欢你啊，雷欧。"

雷欧的体温止住了美羽的颤抖，它的温柔能够深入人心。

"你们的魔法不仅能让人露出笑容。只要有你们在身边，就能给人爱与勇气。"

爷爷也是一样，大和给了他爱与勇气。即使独自一人居住在深山里，只要大和在身边，一切就都不算什么。

可大和死后，爷爷明显憔悴不少。

美羽的父亲对爷爷说过"再养一只狗不就好了"，但爷爷死活不同意。

我要是死了，留下的狗该怎么办？你这家伙会替我照顾吗？

爷爷的回复让父亲哑口无言。即便父亲想养狗，母亲也不会允许。

母亲不喜欢动物，况且父亲由于工作经常不在家中。如果把狗接回家让母亲照料，结局可想而知。

就在大和死后的第五年，爷爷被人发现倒在家中，发现爷爷的是快递员。虽然爷爷被送到了医院，可为时已晚。

如果爷爷在大和之后又养了其他狗，那么爷爷去世后该如何处理它呢？

美羽的后脊梁感到一阵寒意。

"雷欧，我要是不在了，你该怎么办呢？"

美羽松开雷欧，深深地盯着它的眼睛。

雷欧和美羽对视，但只是直勾勾地看着她罢了。

※

提到预支工资，店长柳田的脸就变得阴沉。美羽发誓必定会拼命工作将钱还上，老板才借给她五沓十万元一捆的钱。

"你也是这家店的一员，就不收你利息了。不过，这笔钱如果还不上，你就给我去雄琴那里工作。"

也就是去洗浴中心工作的意思。美羽点头表示同意，然后将钱放入皮包中。

美羽中途接到一通电话，是熟客打来的。

从事务所出来，美羽前往客人等待的情趣酒店。

打电话过来的是位大客户，他不仅没有出格的要求，给的钱也很多。手头宽裕的时候，还会把多余的钱当小费送给美羽。

这位客人有些难言之隐，做事往往很快结束，也明言过不用她做全套服务。

伺候这种客人真的很轻松吗，美羽摇摇头。

比起出卖全身，很多风俗女郎更愿意只给客人提供手上的服务。

但比起常规作业，还是不把事情搞得复杂更让她安心。

她的最终目的是将服务顺利做完，烦心事越少越好。

美羽敲响房门，客人笑着招呼她进来。洗完澡，美羽裹着浴巾躺在床上。

客人迫不及待地掀开浴巾，玩弄起她的身体。美羽则将手伸向男子的下身，那里已经有了强烈反应。

美羽闭上眼睛，温柔地伺候着客人。心绪早就飞出九霄云外，此时她的肉身与内心是分开的，这样做可以逃离这个令人厌烦的现实。

问题在于，她无法控制心飞往何处。

有时是飞往一小时前，有时是飞回小时候。

今天则是飞到了那一天。

那一天，晴哉的朋友打来电话。大致内容是：既然晴哉在赛马上中了大冷门，就要他将欠自己的钱还上。美羽默默挂上电话，给和晴哉一起看赛马的朋友打去电话。

晴哉真的在赛马上中了大冷门吗？

这事确实是真的。星期日，晴哉乘阪神电车去看赛马，花一千日元买了面值十万日元的三连单赛马券，最终奖金约有一百万。

就在前天，美羽还和晴哉见过面。他心情不错，说要将这次赌博赚来的小钱存起来。令美羽没想到的是他竟赚了近百万。

只要赛马赢钱了，我就还钱——这句台词不知从晴哉口中说过多少遍。

晴哉曾为还清赌债对美羽哭个没完，美羽才不情愿地成为风尘女子。

然而她靠皮肉生意赚来的钱，却让晴哉更加沉迷赌博，欠款也越滚越大。

他每赌一次，美羽都要去新的店工作，终于沦落到出卖身体的地步。

美羽已经做到这个份儿上了，晴哉还将赛马赢钱的事保密不说。

她也不想让晴哉还自己一百万，但至少也该带自己出门旅游一趟，或者请自己吃顿大餐以示感激，可这些行为一概没有。

美羽对此非常恼火。

再这样待在房间里，她很容易会为此爆发。于是她坐上车，漫无目的地开车兜风。

她在琵琶湖绕了一圈才返回大津。回去后暮色已深，便跟会所谎称自己身体不适，休了假。

商业街中心附近有一个大型十字路口，美羽在这里等红灯的时候，透过后方牛排店的窗户看到了晴哉的身影。

晴哉正在吃着牛排，喝着红酒，他对面的座位上还坐着一位没见过的年轻女性。

美羽的脑子里像是有什么东西要炸开了。

红酒配牛排？

自己连顿烤肉都没有被他请过呢。

到最后，美羽对晴哉而言，就是一台取款机以及发泄肉欲的工具。

为了这种男人，自己竟然还贱卖了身体。

一切都结束了，她已经受够被晴哉任意摆布的生活。

美羽在建材超市买了小刀、绳子、蓝色防水布以及铁锹，并在其他店购买了手提行李箱。

她没有具体的计划，虽说很胡来，但她认为这就是自己应该做的事。

晴哉转天清晨才回家，美羽问他昨天干什么去了，他很自然地撒谎，说自己去打麻将。

"我又输了，欠债又增加了。抱歉美羽，能不能再借我点钱？"
就在听到这句话的瞬间，美羽已下定决心。

她手持小刀，轻松地走到晴哉的身后，然后刺了过去。

不知道刺了多少刀。

她将死透的晴哉的衣服撕开，全都塞进垃圾袋中。然后费尽九牛二虎之力把晴哉搬进浴室，目不转睛地看着血液流入排水管。确认好血不再流后，她回到多功能客厅，细心清理被血弄脏的地板和墙壁。

将晴哉塞入行李箱后，美羽走进浴室洗澡，还把浴室里的污渍也仔细冲洗干净。

待到夜幕降临，美羽将行李箱搬到车里。为了防止血液流出来，她还把防水布铺在后备厢上。铁锹与洗掉血液的小刀也一并放入后备厢。

然后，她开车向爷爷居住过的里山附近的山中驶去。那是以前和爷爷一同攀登过的山，有一条路可以让汽车通行，但不通到山顶，要想再往山上走，必须分开大树与灌木丛，自己爬上去。

一般来说，到这样的山里来的只有猎人，但最近连猎人也没了。

美羽一边爬山，一边回想起爷爷说过的话。如果把尸体埋在那里，就不会被人找到了吧？

美羽遵守交通规则地开着车，只要对面有车驶来，心就会提到嗓子眼。看到远处驶来亮着红色警示灯的巡逻车时,她都以为自己完蛋了。

不过巡逻车并没有靠近自己,路上她也没有遇到什么麻烦。

美羽累得汗如雨下,她在满是泥土包围的半山腰挖坑,把行李箱和小刀都扔在里头,最后将坑埋好,早已疲惫不堪。

她想尽快回家洗澡,然后美美睡上一觉,睡醒后就要离开这座城市。晴哉在这里借了钱,他一消失,那些欠款不就转移到美羽身上了吗?

所有人都知道美羽和晴哉的关系。

自己要去哪里?冲绳不错,北海道也不错。美羽的嘴上功夫是有口皆碑的,不论去哪里,应该都能靠这张嘴挣钱吧?即便不吃香了,她也能继续靠身体赚钱。

美羽这样想着,离开林道。就在这时,她遇到了雷欧。

如果遇见雷欧不是在那天夜里、那个地方,该有多好啊。

和雷欧开始生活后,美羽不知这样想了多少遍。

但是时间无法倒流,美羽就是为了见到雷欧才与它在那里相遇的。

※

粗鲁的呼吸声让美羽回过神。

睁开眼睛,客人正趴在她的身上晃动身体。

那张脸和晴哉的脸重合在一起。

"不要!"

美羽条件反射地推开客人，客人从床上摔落成一个大字，避孕套还套在他身上。

"突，突然发什么疯啊！"

客人的脸气到变形，像极了发火时的晴哉。

美羽用力踹向男人的脸，小腿骨产生剧烈的疼痛。

位于房间角落的桌子上放有威士忌的酒瓶，是客人用来喝的酒。

美羽反手拿起酒瓶，朝着正捂脸呻吟的客人的头部砸去。

客人倒在床上一动不动。

美羽急忙穿上衣服。

离开酒店的路上，她一直留心不让别人注意到自己。

坐上车后，她紧张到喘不过气。

那人不会死了吧？要是没死的话，应该会去会所投诉吧？才刚借了五十万，现在就搞成这个样子……

店长要是发火，美羽就要吃苦头了。

"逃走吧。"

美羽一面发动引擎，一面喃喃自语。

但是，雷欧该怎么办？

在美羽脑海的深处，另一个自己问道。

就在苦恼该如何是好的时候，爷爷的脸突然浮现在她的脑海中。

"我要是死了，留下的狗该怎么办？"

爷爷开口说道。

你要是进了监狱，留下的雷欧该怎么办？

爷爷凝视着美羽,那双眼睛像极了雷欧。

美羽将脸贴在方向盘上,放声大哭起来。

5

雷欧还是老样子,面朝西方。

美羽咬着嘴唇,手操纵着方向盘。

放在副驾驶座上的手机收到消息。肯定是木村发来的,内容和美羽猜测的一样。

钱准备得怎样?

美羽不满道:"你要到监狱来取吗?"

随后是一通电话打进来,是店长。可是,和客人死亡有关的新闻怎么也没有找到,之前借的钱美羽也放在事务所的邮箱里了。

特意打来电话发火,实在不合情理。

路标显示,美羽已从滋贺到达京都。不过燃油表显示车里的汽油不多了。

她打算尽可能地向西行驶,开到汽油用完的时候,就找派出所自首。

"在去找警察之前……"

美羽自语道。

西行、西行。

雷欧想去西边。美羽不知道它的目的地在何处,但想尽最大可能，带它去更靠近目的地的地方。

开出国道，他们往通往大山的道路驶去。

美羽以为这里是京都市内，可周边全是山和森林。和国道不同的是，这里的车辆少了很多。

美羽在眼前的便利店停下车，买好水和狗粮后，再度开车上路。

驶入京丹波町附近的时候，燃油表的警告灯亮起。狭窄的车道间，山与山紧密相连，水田与旱田挤在山间的狭窄区域里。

美羽将车驶入林道，邻近山林中的红叶均已凋零，散发出苍凉的肃杀之气。完全驶入林道后，美羽停下车。拿出事先准备好的碗，倒入在便利店买到的狗粮。她手拿着碗走下车，打开后备厢的门，雷欧立刻从里面跳了出来。

"吃吧。"

美羽说。

"最初见到你的时候，你都瘦成皮包骨了，捕猎很不容易吧。所以，你今天就多吃一点吧。"

碗瞬间就空了，美羽又倒了一碗狗粮，这次也是一样，狗粮瞬间又进了雷欧的胃中。

吃完这一碗，雷欧抬头望着美羽。

"还没满足？还是说你想喝水？你等一下啊，喝太多水的话，会胃痉挛的。"

美羽拧开矿泉水的瓶盖，将水倒出，雷欧灵巧地喝着淌下来的水。瓶中水还剩一半的时候，美羽盖上瓶盖。

"然后，还有这个。"

美羽从口袋里拿出一只护身符,将手写的字条折好塞进里面。

> 这孩子的名字叫多闻,在滋贺的深山中与野猪大战受伤后被我发现。
> 它与主人失散,我想,为了再见到主人,它一定会往西行。如果有人发现它,就请您帮助多闻往西走,帮它回到原主人的身边。拜托了!多闻是个很好的孩子,和它在一起,就会想把它变成自己的家人。不过,多闻有它真正的家人。它迫切想和自己的家人相见。真希望读到这里的您能明白我的感受。
> 神明啊,请让多闻遇上好人家吧!请让多闻与它的家人重逢吧!
>
> 美羽

美羽没有把护身符草率地挂在外面,而是将其塞入雷欧的项圈里。

"雷欧。"

听到美羽呼喊自己的名字,雷欧立刻将身体凑了过去。

真是只聪明的狗,它能领悟出现在是分别之时。

"你的家人是些什么人呢?为什么会和你走失?他们应该都是很温柔的人吧?否则你也不会无时无刻地思念他们,要是我也有这样的家人就好了。"

美羽一把抱住雷欧。

自从和晴哉在一起,她就与家人疏远,母亲还曾因为晴哉的事骂过她。

投身风俗业后,与家人的联系也彻底中断。她不敢面对父母和弟弟,后悔没有认同母亲正确的判断。

要是温柔的父亲和母亲看到电视新闻,该多为自己心痛啊。弟弟又会作何感想呢?

抛弃温馨的家庭,选择与晴哉一起生活的人是自己。顺着晴哉来,一味堕落的人是自己。对晴哉痛下杀手的人毫无疑问也是自己。

是自己选择在这条路上走到了现在。

怪不了任何人。

"遇见你真好,这是我人生的低谷中最棒的事。和你在一起的这段时间,真的非常幸福。"

雷欧舔着美羽的脸。

好像是在说——我其实也很幸福。

"你是个非常聪明、非常温柔的孩子。多谢你,雷欧。你一定要和家人重逢,要更幸福哦。"

美羽恋恋不舍地离开雷欧温暖的怀抱,站起身来。

雷欧抬头看着美羽。

"你可以走了。快走吧。"

雷欧一个转身,朝森林深处跑去。

"不要再和野猪大战啦。"

看着雷欧渐行渐远的背影,美羽说出最后的叮咛,然后紧紧咬着嘴唇,忍住泪水。

老人与犬

1

弥一一边用遥控器不停地换台，一边举起酒杯咂着烧酒。

他就着鹿肉干当下酒菜，枯燥的节目令他乏味地蹙起眉头，转台到日本广播电视台的新闻频道后，他将遥控器放在桌子上，继续自斟自酌着烧酒。

首相的脸出现在新闻播报中，好像是内阁里有官员出了丑闻，他在向国民检讨。

"一脸奸相。"

他谩骂着以邻县为政党大本营的首相，继续将烧酒倒入酒盅。刚把酒盅送到嘴边，准备抿一小口烧酒，却停住了。

他察觉到——电视发出的声音中还夹杂着其他声响。

他凝神谛听。

声音还在窸窸窣窣地传来，他推测是谁在走动中踩碎了枯叶。

弥一站起身，蹑手蹑脚地走进佛堂，打开放在佛龛旁边的枪支保险柜，从中拿出猎枪。

他往枪膛装上子弹，胳膊穿过枪背带，将猎枪架在肩上。

从声响判断，熊发不出这样小的声音，而鹿是成群结队的，可能是一头饿着肚子迷路的野猪。

所幸今晚是月圆之夜。即便没有灯光照明,也能射杀到猎物。

弥一穿好登山鞋,从后门悄然飘出屋外去。猎物仍困在院子里打转。

他将枪从肩上卸下,转为戒备姿势,双手托着猎枪。

今年春天,弥一的老搭档——一只被取名为"将门"的猎犬——去世后,老头便不再进山狩猎。久疏枪法,但他的手臂仍保留着持枪打猎的一整套肌肉记忆。

弥一小心翼翼地沿着房子外壁向院子靠近。月光煌煌,秋天干燥的冷风像砂纸般打磨着人裸露的肌肤。刚刚贪杯的烧酒余韵已消,弥一夹紧两腋,抬起猎枪,枪托紧贴在脸上。

成败在此一举,要是被来路不明的野兽发现自己的偷袭,就大事不妙了。

弥一加快步伐靠近猎物,通过那只动物的脚步声判断出它的方位,调整好枪口方向。

他一口气跳进院子,就在即将扣动扳机的瞬间,他的手指僵住了。

在院子里徘徊的是一只狗,它骨瘦如柴,浑身污垢。狗直直望向准备射击的弥一,眼神中饱含坚定与镇静。

"什么嘛,别吓唬我啊!"

弥一放下枪。

狗还在原地看着弥一,它估计是好几天没吃过东西了。看上去很瘦,但并没有让人觉得过于孱弱。

这是一只顽强的狗——弥一突然领悟，它分明能够统领并保护族群，身心健壮的狗。倘若好好训练一番，一定能成为一条优秀的猎犬。

"过来。"

弥一呼喊着它，狗朝弥一走去，它是只迷了路却不怕生的狗。

弥一从打开玄关的正门走进去，狗也跟了进来。

"你待在这里。"

他在门廊对狗发出指示，狗便停下脚步。这狗能听明白人话。

弥一穿过起居室，向厨房走去。他取出子弹，复原击铁，将猎枪放在不常用的餐桌上，随后打开日常工作用的冰箱。

冰箱里装着捕捉后分解的鹿和野猪肉。他拿出大概五百克鹿肉，放进微波炉，按下解冻键。用雪平锅舀起水后，端着锅回到门廊。

狗趴在土间①上，弥一一靠近，就抬起头眼巴巴地看着他。它没有彻底信赖弥一，却也不是充满警惕的样子。

"喝吧。"

弥一将雪平锅放在狗面前。狗起身用鼻子嗅了下锅里的水，便吧嗒吧嗒地喝了起来。

"你从哪里来的？我刚才差点就打死你了。"

弥一对喝着水的狗说。狗竖起耳朵，表示它听到了，但丝毫不作回应，继续喝水。

"肚子饿了吧？等肉解冻好，就喂给你吃。"

---

① 编者注：土间，日本建筑中构成家屋内部的一种室内设计，与大门连接，供人进出。与地面同高，通常不铺设板材。

狗不再喝水,像是听懂了"喂给你吃"这句话。

"是知道要给你吃肉了吗?真是只聪明的狗。"

弥一说完,狗继续喝水。

他观察这只狗,它像是日本犬与牧羊犬的杂交品种,躯干要比日本犬长,佝偻的腰身后拖着一条长长的尾巴,灰色的毛发上杂糅着枯枝落叶。身形消瘦,但周身的肌肉遒劲,然而并没有佩戴项圈之类的东西。

狗喝完水后继续趴着。

弥一举着空无一物的雪平锅回到厨房。肉还没有解冻好,他就将微波炉关掉,把肉从中拿出。最里面的部分还冻得硬邦邦的,不过那只狗应该不会在意吧?

弥一将肉切分成一口大小,放进雪平锅里,再次端着锅回到门口廊下。

狗站了起来,它闻到了肉的味道,肯定恨不得立刻吃上肉,但是没有得到弥一的许可,便不擅自踏入干净的家中半步。

"聪明的狗。"

弥一感慨般说道,将雪平锅放在狗的脚下。

和给它水时不同,狗盯着弥一,一动不动。

"吃吧。"

弥一此话一出,狗就将鼻子伸向雪平锅。嘎巴嘎巴声响起,它起劲儿地咀嚼着还没化开的肉。

"看来可以把枪收起来啦。"

弥一自言自语着,拿起放在餐桌上的猎枪朝佛堂走去。

这支 M1500 的来复枪是一家名叫丰和工业的公司制作的。

从购买到现在已经过了近二十年,在弥一日复一日毫不松懈的保养下,仍然光洁如新。

然而,如今使用的频率已大幅下降。

他每天不过是重复着将枪分解、清洁再组装的动作,并发着牢骚:"做这种事又有什么用?"

早就该将持枪证归还了,但他还是离不开猎枪。大概是对五十多年的职业生涯恋恋不舍吧。

他将M1500放回柜子,上好锁。

再度回到门廊,吃完肉的狗正闭着眼睛趴在地上。

它睡着了。

看那样子相当疲倦。

弥一弯腰坐在门廊的台阶上,拿起杯子,一面喝着烧酒,一面看不够似的注视着熟睡中的狗。

2

弥一给昨夜的"不速之客"戴上老搭档"将门"的项圈,将狗安置在货车的车斗上,带它一同前往许久未去过的乡镇。

他把货车停在镰田宠物医院的停车场,带着狗走进医院。也许因为还没到接诊时间,等候室空无一人。

"这不是弥一先生吗?"

办手续的时候,弥一见到了镰田诚治院长。这家宠物医院在乡镇开了三十多年,弥一饲养的几代猎犬全都委托镰田检查健康状况。

"你又养狗了？将门去世时，你不是说再也不打猎了吗？"

"医生，这是条迷路的狗。昨天晚上闯进了我家的院子。"

"现在还有迷路的狗，也是挺少见的。"

"我今天就是请你们帮忙给它体检和洗澡的。这家伙又瘦又脏，估计独自在山里迷路很长一段时间了，我有些担心它的健康状况。"

"这样啊，那可能会有传染病或虱子。"

"然后呢，我想给它拍照，传到网上，看会不会有失主来找它。"

为了给被收养的猫和狗寻找主人，镰田在宠物医院的网站上建了个网页。上传照片，记录外貌以及性格特征，寻找饲养人。这个网页让相当多的猫狗平安找回了家。

"这点事简单得很，我先确认一下它有没有被植入芯片，填好病历表后立刻就给它看。"

镰田又抚摸了几下狗的额头，随后离开诊察室。

"片野，麻烦你填一下病历表。"

接待处的护士闻声而来。弥一取过病历，坐在等待室的长椅上。

填写病历表的时候，弥一突然停下手，有一栏要填写狗的名字。

他犹豫片刻，在上面写上"教经"。

给之前的狗取名"将门"时，弥一想到了平安时代权倾朝野的平家将门，而眼前这只昨晚救下的狗仿佛是上一条狗生命的延续，于是他决定以武将平清盛的侄子"平教经"的名字给它命名。

如此一来，弥一家狗的名字都取自源平两家的将门武士。

他想好了名字，但后面的内容都没有写，他对狗的年龄还有健康状况一无所知。

"不好意思，就先写这么多了。"

弥一将病历表交给护士。

"就光写名字，其他的都不知道吗？"

"名字都是我现想的。"

弥一回答。

"如何，教经，你本是个无名之辈。"

那只狗——教经抬头看向弥一，慢慢地摇晃起尾巴。

※

除了有些消瘦，教经的健康状况没有丝毫问题。现在不是跳蚤活跃的季节，所以并没有在它身上有所发现。

教经的体内植有芯片。据显示，狗主人好像住在岩手县，它原来的名字叫多闻。

"从岩手跑来岛根？"

镰田不解地摇晃着脑袋。

在给教经洗澡的间隙，弥一前去购买东西。

他在超市买了蔬菜和烧酒。蛋白质的食物，放在冷冻库中的鹿肉与野猪肉就足够了，还有自家田里收获的大米。

妻子初惠在世的时候，田里的农活都是她独自打理。四年前，初惠病倒后，弥一便代替妻子全权打理农田的工作。

身为猎手的弥一收入逐年减少，那时在他脑海深处便不断浮现"退休"这两个字。所以他没有丝毫犹豫地接管了家里的农活，继续耕作下去。

后来，初惠去世了，他仍旧勤勤恳恳地打理农田。那也是初惠将心血融入土地之中培育出的农田，只要他还在农作，就相当于对妻子的祭奠。

弥一来到五金店，在宠物用品专区挑选新项圈和狗链，然后将大袋狗粮放在手推车里，向收银台走去。

"你又养狗了？"

相熟的女收银员问道。

"不是，就是只迷路的狗。"

虽说他这样回答，但这狗若真是过几天就回到原主人身边，又何必买这么大袋的狗粮呢？完全难以自圆其说。

弥一其实是想跟教经一同生活的。

盯着收银员扫狗粮上的条形码时，他终于意识到了这一点。

※

在药店买好止痛药后，弥一回到镰田宠物医院。

洗完澡的教经神气十足地等着弥一。

"你也嫌弃自己身上脏啊。你这家伙不仅聪明，还自尊心十足。"

弥一将买回来的崭新项圈和狗链给教经戴上。

"由于无法和它的主人取得联系,我们已经在网页上更新了迷路狗的信息。"

付款的时候,前台的护士说道。

"有劳你们了。"

弥一有些心虚,因为他想的是:要是一直找不到原主人就好了。

初惠去世三年,将门也死了半年,按理说自己已经习惯了孤独,可事实上他还是很别扭。昨晚教经的出现,唤醒了他对与伙伴朝夕相处的充实时光的怀念。

回到家,弥一将鹿肉混在狗粮中喂给教经,然后放它在院子里随意走动,它喜欢四处乱转,但必定会回到这个家里。不知为何,弥一就是如此笃定。

教经将院子的边边角角闻了个遍,然后自然地抬起头,脸冲着山麓方向,吸着鼻子,竖起耳朵,翘起尾巴。

那充满自信的身姿真是赏心悦目。

教经低声犬吠,从山里开来一辆小型货车,车子开上坡道朝他们驶来。

是田村勋的车。

"不用担心,教经。不是陌生人。"

弥一对教经说完,它才放松警惕。

弥一家位于山林的半山腰,耕地就在下坡的一隅。

田村的车停在弥一家的空地。教经还在低声犬吠,但当田村从车上下来靠近它,它便不再叫了。

"弥一先生,你又养狗了?"

田村把手放在他的秃脑门上,看着教经。

"是只迷路的狗,找到它的主人之前,我先代为照顾。"

"迷路的狗?在这种地方?明明山下有一大堆住户,为何非要特意跑到弥一先生家呢?"

田村好奇地看着教经。

"多半是在这座山中徘徊吧。果真这样的话,与进村比起来,很可能会误入他人家中。"

"为何又是在山里……"

"我要是知道为什么,就不用这么折腾了,况且这个家伙又不会说人话。话说回来,你来这里有什么目的?"

"你知道下个月要进行乡议会的选举吧?我想你还是不会投票给哲平的。"

田村的手上拿着印有中村哲平后援会的传单。中村已经当了近二十年的乡镇会议员,同时是当地"猎友会"的会长。作为猎手,他的本事和玩枪的技术都很糟糕,却仗着议员的身份将猎友会私人化。

"滚!我无论如何都会把票投给其他人的。"

"弥一先生,你别这么说,咱们不是同一间俱乐部的老伙计吗?"

"我早就被你们除名了。"

"但会籍还在啊。哲平先生说过,不能让本地第一的猎手离开这里。咱们这也是为了帮他一把,对吧?"

"你应该知道我讨厌那个家伙吧?"

弥一的语气变得暴躁。教经立刻作出反应，冲田村龇牙大叫，以示轰客。

"哎哟，真吓人啊。谁知道这条迷路的狗训没训过啊？你可得拴好了它！"

田村的脸色发青。

"这家伙可不赖，比你们这帮蠢狗不知聪明多少倍。"

弥一嘲讽道，田村的表情变得僵硬。

"你不要净说些讨厌的话，帮朋友一个小忙又能怎样？咱们的猎友会不也常受哲平先生的照顾吗——"

"你再不回去，我就让狗咬你了。"

弥一压低了声音说。

"弥一先生……"

"那帮家伙假意驱逐骚扰村庄的野猪和狗熊，实则在敲诈老人们的钱财。这些事你当我不知道吗？"

田村咬住嘴唇。

"你们这些人还能干点什么？哪里是什么猎友会。既不善射猎，又不训练猎犬。"

"真是够了，你这家伙永远这么自以为是。初惠女士去世后，你更是为所欲为了。"

田村在脚下吐了口唾沫，驾车离去。

教经继续冲车子驶去的方向大叫。

"好了，教经。"

弥一将掌心冲向教经。这是第一次对教经做这个手势，但它立刻就能察觉是什么意思。它不再大叫，而是站在弥一的身边，怒视那辆车离去。

"自以为是啊……"

弥一咧着嘴,立刻皱起眉头,后背传来无法忍耐的疼痛。

他打开刚买来的止痛药的包装,没喝水就将药咽下去了。

他的身体不断冒汗。

药还要一段时间才能起效。

弥一弯着腰,忍受着疼痛回到室中。他把鞋扔在土间,爬向卧室,用坐垫代替枕头躺下。

教经在土间望着弥一的样子。

"来我这里。"

弥一拍打着榻榻米,教经则歪着脑袋。

"没事,过来吧。"

他再次敲打榻榻米,教经这才从门廊走上来。它小心翼翼地来到卧室,趴在弥一身边。

之前饲养的那些猎犬,是断然不会进屋的。要培养一条出色的猎犬,最重要的是培养它们独立的内心,因此最先要让它们适应的就是在外面独自生活。

不过,教经并不是猎犬。弥一并不打算让它成为猎犬,况且自己也当不了多久猎人了。

此时的他需要温暖。

弥一把手搭在教经的背上,教经身上很暖,它的体温缓解了弥一的痛苦。

3

　　从教经出现到现在，转眼间就过去了一个多月。秋色渐浓，村落周围被染成红色与黄色。

　　弥一依旧没能与教经的原主人取得联系。

　　与教经相处的这段时间里，弥一似乎明白了教经为何用那么长的时间长途移动，并在中途来到自己家歇脚。

　　想必是饿到不行了才来的吧。

　　春夏两季的日本山林可谓食材的宝库，绝不会因为没有猎物和水果发愁。

　　然而，一到秋天，山的样貌就变了。水果不断减少，小动物们也不见踪影。很久以前，狼作为狗的祖先，以群为单位捕捉猎物。狗其实也一样，哪怕体质和头脑多么出色，如果单枪匹马，能捕到的猎物也是有限的。

　　教经应该是数周都没有发现猎物，才下定决心寻求人类的帮助的。

　　不过，它为何偏偏选择了弥一呢？

　　田村的话时不时地浮现在弥一的脑海。

　　"明明山下有一大堆住户，为何要特意跑到弥一先生家呢……"

　　那时他的回答是教经一直在这座山中徘徊，话虽如此，教经在旅途中一定还会遇上其他人家才对。为何单单来到弥一家中呢？

　　弥一心想，该不会是闻到孤独与死亡的气味了？

　　教经身上有让人这样想的特质。

弥一向镇上驶去，教经坐在货车的副驾驶座上。现在它在家是和弥一一同睡觉的，在货车里，它的位置也从车斗升级到了副驾驶座。

教经坐在副驾驶的座位上向窗外望去，侧脸淡定自若的神情像是在告诉弥一，自己早就习惯了坐车。

"你的主人是怎样的人呢？你又为何会走丢呢？"

弥一时不时地对教经说着话，即便知道它不会回答，还是忍不住要问。

教经的脸总是朝向一个方位，是西南方。西南方应该有对教经而言很重要的东西，它应该是想去那边吧？

"九州吗……你的家人在九州吗？"

教经竖起耳朵，但依旧望着西南方。

一个月的时间过去，按理说，他们之间的羁绊应该相当深了，但当教经望着西南的时候，总让人感到十分陌生。随后，弥一的内心深处便好像有寒风吹过。

教经是自己的狗，也不是自己的狗。

他的心情如坠入情网一般矛盾，还是想办法找到那个貌似住在九州的原主人，把教经送回去比较好。

或许是出于老人的执念，他这样想着，却迟迟没有行动。另外，他变得极为厌恶独自一人在晚上睡觉。

但自己年轻的时候并不是这个样子。为了捕猎，他能连续数日在山中夜宿且无所畏惧，也不牵挂任何人。

弥一放慢车速，在眼前的十字口左转，随后再一个左转。

在乡立医院的停车场入口，弥一拿到停车券，将货车停好。

"你在车上等我。"

他将车窗开了个缝儿,锁了车。虽说已是晚秋,但日光照射下车内的温度还是有些高。不关窗看上去像是粗心大意,可如果小偷知道车中有狗,就算想下手也不敢靠近吧?

弥一在前台出示诊疗卡,然后到内科的等待室翻看报纸。报纸和电视一样,没有好看的新闻。他不再阅读新闻,而是翻到填字游戏那页打发起时间。

"片野先生、片野弥一先生,请到二号门诊室。"

弥一站起身。

他走进门诊室,柴山医生正盯着电脑屏幕。弥一坐在医生面前的椅子上。

"片野先生,上次检查的结果不是太好,癌症正在恶化。"

柴山说完,弥一点了下头。他没做治疗,病情恶化也在预料之中。

"您还是无法接受化疗吗?即便您再怎么讨厌,还是先住院吧。"

弥一摇头拒绝。

"请给我开止痛药的单子。"

"片野先生——"

"不论你说多少次我都拒绝治疗。如果那一天真来到的话,不过一死罢了。"

柴山发出一声叹息,自从发现弥一患上了胰脏癌,两人就因为是否接受治疗的事争论不休。

"你有跟女儿说吗?"

弥一摇头。

"片野先生,上次检查的时候我不就说了吗,不能隐瞒家属。"

"这事确实对不起,医生。我这个老不死的任意妄为,害你担心了。"

"我不是这个意思。"

柴山皱起眉头。

"我下个月再来。"

弥一站起身。

"你真就打算这样吗?"

柴山扶着眼镜腿,抬头看向弥一。

"医生,这是我深思熟虑后做出的决定。今天也谢谢你了。"

弥一深鞠一躬致谢,退出门诊室。

和初惠一样,夫妇二人都是胰脏癌。很久之前她就说身体不适,可一直不去医院,最后疼得不行,是被救护车拉走的,那时癌症已经恶化到了四期。

嫁到京都的女儿美佐子得知此事后火速赶回,替初惠作出各种决定,其中就包括服用强效药剂进行抗癌治疗。

美佐子指挥的时候全当弥一是透明人,对弥一的意见更是充耳不闻,哪怕他只是发个牢骚,女儿都会以"父亲没有资格对这些事指手画脚"来拒绝。

弥一既不是好丈夫,也不是好父亲。不是在山中狩猎,就是在某处喝酒。

这便是弥一的人生。

我想回家——这句话成了初惠住院后的口头禅。她想回家,想见爱犬将门,想吃从自家田里采摘的蒸熟的山芋,想喝着日本茶在檐廊上晒太阳。她只想做这些。

然而,被癌症侵蚀的身体无法像想象中那样行动,抗癌剂的副作用令初惠饱受痛苦。

近一年的抗癌生活走到最后,初惠消瘦得不成人样,她这个样子肯定经不起回家见将门了。

弥留之际,初惠对弥一说的话和她的眼神令他难以忘记。

"我要死在家里。"

初惠这样说道,她看着弥一的眼神像是在抱怨:你为何不反对美佐子呢?

反正也是最后一次了,尽一个丈夫应尽的责任与义务很难吗?

初惠的目光深处充满了失望与沮丧。她健康的时候,弥一就一直让她重复着失望与沮丧;现在她快死了,还是这样。

他从头至尾都在折磨自己的妻子——初惠。

想到这里,弥一不由得对初惠满怀怜悯。

所以当弥一得知自己患上与初惠相同的癌症的时候,他便当机立断:放弃治疗。

就像初惠曾经希望的那样,在家度日,死在家中。守着初惠用一生打理的农田,照料到生命的最后一刻,然后死去。这也是初惠所希望的吧?

即便把病情告诉美佐子,她也不会像初惠得病时那样对待自己吧?

随爸爸的便吧——弥一很容易就能想象出美佐子会说什么。

初惠和美佐子都不会原谅弥一。

谅解弥一的只有教经。

拿到处方单，付完款后弥一就走出医院。在走向停车场的路上，他望着坐在副驾驶座上的教经。

果然，它还是一动不动地望向西南方。不知情的人若是看到了，估计会误以为放了只假狗。

弥一靠近货车时，教经才回过头。它嘴角上扬，像是在微笑。从这个角度看不清楚，但它的尾巴应该在摇晃吧？

"久等了，咱们回家吧。"

弥一坐进驾驶室，抚摸起教经的后背。

"今天我们也去山里头散步吧。在那之前，还要去趟药局，我的止痛药快要吃完了。"

弥一发动货车的引擎，随着天气变冷，他背痛的次数也越来越多。

他有一种预感，冬天就是自己的死期。

死之前，得考虑好教经日后的问题。

"这个我知道，不过我又不会明天就死……"

弥一踩着油门，自言自语。

※

弥一手撑着树干，不断深呼吸。他和教经进山还不到一小时，自己就喘成这样，双腿还累得发抖。

"真丢人。"

他不由得感叹。

直至去年，弥一每周都会带着将门来到山中，寻找猎物。将门死后，他就不再入山。可他没想到，不过半年时间，他的身体就开始衰退。

年轻的时候进山，简直不费吹灰之力。从五十岁开始，他发现自己越是不进山，体力就衰退得越快。

不过今日的气喘或许不是因为上了年纪，而是他已被病痛蚕食得体力所剩无几。

教经跑到对面野兽出没的小道上停住脚步，俯视望向弥一。

它没有靠近也没有继续往前，只是等着弥一过去。

弥一从背包的侧面口袋里掏出矿泉水，喝了一口。他感到水舒缓了他身体的每一个细胞，呼吸也趋于平缓。

"让你久等了，咱们走吧。"

将矿泉水瓶放回口袋后，弥一把视线投向脚下。他捡起一根合手的枯枝，充当拐杖。

如今自己竟然到了要借助工具爬山的地步了，真够丢人的——但他也顾不了这么多了。

他用树枝支撑着身体，爬上野兽出没的小道，这是这座山上最大的斜坡。不过，只要越过这里，接下来的道路就会变得平坦。他咬着牙，喘着粗气，向前迈步。汗水浸湿了他的衬衫，浑身难受。

他比以往多花了近两倍的时间，才好不容易走到教经等待的地点。教经正不断嗅着周围树木上的味道。

弥一注意到这里有些痕迹，刚刚好像有野猪带着自己的孩子从这一带经过。

"你可不要去追它们。"

教经不再嗅气味,而是乖乖望向弥一,它听懂了弥一的话。

"带着孩子行动的野猪很是厉害,就算你再怎么结实,也打不过要保护孩子的母猪。最好随它们去。"

教经还在抽动鼻子,但没再顺着气味追赶野猪。

"你果然聪明,究竟是怎样的狗主人把你训练成这样的呢?"

弥一问,狗当然不可能回答。不过,和狗不断聊天是弥一一贯的作风。

纵使狗听不懂人言,亦能懂得人类的意志,多说话来加大交流密度,彼此的羁绊就能加深。

危急关头,没有什么能比人与狗之间的羁绊更可靠。

"走吧。"

弥一催促着教经往前走,再走十多分钟就能到山顶了。虽然不是多高的山,但山顶附近的树木都被弥一砍伐殆尽,能体验远望的乐趣。

他在缓坡上步行,呼吸逐渐平缓,双腿也不再颤抖。手杖已经没有必要再拿着,可弥一还是握住枯枝。因为下山时必然用得上,真正考验肌肉的不是上山,而是下山。

视野豁然开朗,他们到达了山顶。弥一坐在一个被伐倒的树墩上,又开始喝水,然后从包中取出雪平锅,把水倒在里面递给教经。

教经喝完水便立于山顶中央,脸朝向西南方。

如果沿山南下十公里,就能到达山口县。越过山口县,跨过大海就是九州。顺着西南方直行的话，最先到达的应该是大分县吧？

"你为何会和主人分开？"

教经只是竖着耳朵，一动不动。

"你是不是已经寻找主人很久了？"

教经终于回过头来，它那漆黑的瞳孔深处，仿佛蕴藏着一种类似于落寞的情感。

"看来是相当重要的伙伴了，果真如此的话，你可以不必管我，直接去吧。"

教经歪着头。

"那才是你真正的家人，回到家人身边不是理所当然的吗？为何要留在我这里？"

弥一一边问着教经，一边找到了答案。

教经会不会是知道了弥一大限将至，才来到他的身边？

它从那么多户人家中挑选了弥一。

弥一坚信，它能闻到孤独与死亡的气息。

若真如此，教经就是为了治愈弥一的孤独，陪他迎接那不可避免的死亡，才中断寻找自己的家人，陪在弥一身边的。

太荒唐了，狗就是狗，不可能是人。

即便如此，对弥一而言，狗依旧是特别的存在。

他觉得，神明或佛祖是为了拯救愚蠢的人类，才特意派狗来到人间的。

狗能理解人的内心，愿意与人生活在一起，没有其他动物能做到这一点。

"教经,来我这里。"

弥一挥着手,教经来到他的身边。弥一轻轻拍了拍自己的大腿,教经便将头枕在上面。

"多谢你。"

弥一抚摸着教经的额头。

"真的谢谢你。"

弥一不厌其烦地抚摸着教经。

4

山脚有熊出没。

熊爬到杉下一郎家院子里的柿子树上,把柿子吃了一地,又把附近住户的农田弄得乱七八糟。

熊是为了在冬眠前填饱肚子才来这里的。

很久以前,山与村庄之间有一条看不见的边界线,动物们不会下山来到村中。不知从何时起,在村中人口骤减和老龄化的冲击下,人们对山的管理开始变得马虎。与此同时,那条边界线也消失了,山中的生物开始频繁地出现在村子里。

野猪和鹿尚且好说,熊出没立刻使村中笼罩上一层不安。万一有人不小心遇上了,非死即残。

教经在院子里大叫。

弥一知道有客人来了,忍受着痛苦站起身。几天前,他背上的疼痛止不住了。即使吃了医生开的止痛药,药效持续的时间也变得很短，最多两个小时左右就会反复。

医院开的止痛药早已吃完，弥一就用市面上卖的止痛药糊弄，但也已接近忍耐极限。迟迟不去医院，是因为他知道一旦去了，就会被强制安排住院。

弥一走到院子里的同时，田村的货车正好驶入他家。

"弥一先生，猎友会请您出山。"

田村刚一下车便开口说道。

"我已经不打猎了。"

弥一说。

"别这样说，当地最厉害的猎人不就是您吗？弥一先生得拉猎友会一把。"

"我已经没有在山中行动的体力了。"

弥一此言一出，田村才回过神来。

"弥一先生是瘦了吧？"

"你现在才注意到啊？"

"难不成……"

弥一点了点头。

"哪里的事？"

"胰脏。"

"胰脏，那不就和初惠女士一样了吗？"

"估计是初惠死后还在怨恨我，所以下了这个诅咒。"

"弥一先生，您就别开这种玩笑了。去医院了吗？"

"每月去一次。"

弥一回到家，坐在土间放着的椅子上。他现在站着都很吃力。

田村与教经也一同进入房中。

"在吃抗癌药，还是放疗？"

弥一摇着头。

"我没有接受治疗，只开了处方止痛药。"

"这样下去可是会死人的。"

"勋，你也知道吧？初惠去世时的样子，她在医院曾不止一次说过想回家，哪怕是死，也要死在家里……"

田村把头低下。弥一忙于农活与狩猎工作的时候，一直是田村的妻子久美在照顾初惠。

"那您现在很不好吗？"

过了许久，田村才开口。

"前不久和教经一同上山，爬到山顶愣是用了一个多小时。"

田村听完面如土色，身体健康时的弥一，爬到山顶根本用不了三十分钟。

"已经这么糟糕了吗……"

"所以赶熊的任务就不要算上我了。"

"可是，咱们的猎友会平时以打鹿和野猪为主，根本没几个人捉过熊。"

"和打野猪一样，寻找踪迹，追踪，然后射击。总之我现在是动不了了，你们来找我也没用。"

"您真的不接受治疗吗？"

弥一点头。

"那一刻真来到的话，不过一死而已。"

"那这只狗怎么办？如果弥一先生死了，不就剩它自己了吗？"

田村把脸转向教经。

"说到这个家伙,还有件事要拜托你,勋。"

"什么事?"

"等我死后,想请你带这个家伙去九州。"

"九州?"

田村惊奇得瞪大双眼。

"九州全境,哪里都可以,替我把它放到九州的大山里。这样一来,这家伙就能自己前往目的地了。"

"目的地是什么意思?"

"它在找自己的家人,只是中途碰巧住在我这儿罢了。"

"寻找家人?就这只狗?"

"它干得出这种事。勋,就拜托你了,我还从未拜托过你什么事吧,就帮我这一次吧!"

"这我倒是不介意……"

"勋,谢谢你。"

弥一握住田村的手,田村有些不知所措。这也正常,弥一与田村相识三十多年,还从未有过这样的态度。

"我答应您的委托,但弥一先生,您可要尽量多活几年啊。您不是刚满七十吗?"

"我已经活够了,还有,我得病这件事还请你对周围人保密。"

"这种事也简单,反正你活得像个隐士,就算突然死了也没有人会在意。"

弥一笑了。

"说得也是。"

"你有跟美佐子说过吗?"

"没……"

弥一含糊地说道。

"这可不行,这种事必须说。你们家不就剩你们父女二人了吗?"

"那孩子还是不待见我。我死了,对她而言,反倒是解脱。"

"这样可不行,你要是不和美佐子联系,我就不管那条狗了。要是你不方便说,就由我替你说。"

"勋——"

"这一点我绝不让步,你一定要告诉她,咱们可约好了。"

"知道了,今晚就打电话。"

弥一点头说道。

"我今天要是不来,你真的打算连美佐子也不告诉,一个人死在这里吗?"

"我就是想一个人死在这里。"

假如没有教经,自己也不会把患病的事告诉田村吧?或许是因为有教经在身边,弥一的命运才不断发生改变。

即便如此,我还是快死了——弥一这样想着,因痛苦而皱起眉头。

"那我先走了,有什么事别客气,直接联系我就可以,我会尽我所能帮你。"

"嗯,我不会再客气了。"

田村露出放心的微笑,转身离开了这里。教经走近弥一,将身子靠在他的大腿上,弥一抚摸起它的后背。

"真是不可思议，只要一抚摸你，疼痛就缓和下来了。"

弥一闭着眼睛，继续抚摸教经。

※

来电话了。

现今的手机地图软件都附带定位系统，猎人们进山打猎几乎都带着智能手机。

弥一不依赖这些东西也能自由穿梭在大山之中，他对天气的判断比近几日的天气预报还要准，这全仰仗着多年来培养出来的经验。

他认为借助手机，只能说明对自己的本领没有信心。

因此，他只带普通手机出门，这样打电话比较方便，而且也只是以防万一，几乎不曾使用。

"喂？"

"爸爸？"

美佐子的声音传进弥一的耳朵里，难不成田村提前把自己生病的事告诉美佐子了？

"怎么了？"

"刚才田村先生给我打电话了。"

"是吗？"

"听说你不接受治疗。"

"是吗？"

弥一叹了口气。教经走过来，将下巴枕在弥一的大腿上，弥一抚摸起教经的额头。

"你是不是还以为，妈妈之所以死得那么痛苦，全都是因为我的问题？"

美佐子的语气有些严厉，她一直如此。从她上高中的时候起，弥一就不曾对她说过好听的话。如今他觉得，这也算是自食其果。

"不是这样的。"

"你不是认为这全是我无视妈妈的想法，坚持化疗的错吗？"

"我不是说过不是了吗？"

"所以你才这样做，不接受治疗，不让我知道，想要一个人死去？"

美佐子几乎喊了起来。

"我只是不想给你添麻烦。"

弥一说。

"什么'麻烦'啊，我们是父女吧？只有父亲或者只有女儿，那还叫父女吗？"

意想不到的一句话令弥一哑口无言。

"我是对你有怨恨，我不喜欢你，但我从未想过要你死，你知道吗？即便我不去看你，一想到你今天也扛着猎枪在山里瞎转悠，我也会放心。如果田村先生没有把这件事告诉我的话，我就可能在什么都不知道的情况下，成了任凭父亲一个人死去的女儿了！"

"我就是不想给你添麻烦。"

弥一有气无力地说道。

"你给我和妈妈带来这么多的麻烦，现在居然还能说出这样的话？"

"抱歉。"

弥一在无人的房间里低下头，教经则不可思议般地看向弥一。

"我也在反省妈妈的事，她当时那么想回家，我却没让她回去。所以我不会再反对爸爸的决定了，但我也不能坐视不管。下周六，我会带着小绢过去。"

许久未听到的外孙女的名字传进弥一耳中。小绢今年应该成为大学生了，听说在大阪上大学。

"小绢还好吧？"

"活泼好动得令人头疼。说好了，下周末我们一家子回去看你。在我们过去之前，好好地活着，要是敢擅自咽气，我绝对不原谅你。"

"我知道，你们怎么过来？"

"坐电车过去太费时间，离我们最近的车站也很远。小绢会开车过去。"

"小绢会开车？"

"她一上大学就立刻取得了驾照，一到周末就开着一夫的车瞎转悠。"

"是吗？"

弥一挠着头，自己对家人的事一无所知，这很正常，毕竟自己也没想知道。

"你现在感觉身体怎么样？"

美佐子话锋一转。

"目前完全没有问题。"

弥一撒谎了。

"这样啊,那我们就下周过去。一夫会带上他老家的奈良咸菜,那是妈妈爱吃的东西,到时候就先供奉在灵位前,之后爸爸再给吃掉。"

"那个奈良咸菜很好吃的。"

美佐子的丈夫是奈良人,他母亲每年都会亲自制作咸菜,那简直是人间美味,初惠在世时每次吃亲家母做的咸菜都是一脸心满意足。

"那就先这样说定了。"

"好。"

电话挂断,弥一不断看着自己拿着手机的手,感觉像是被什么东西牵了魂一般。

随后,弥一把手机塞进衬衫口袋里。

"人类果真是愚蠢至极。"

他对教经说。

"这里面,最愚蠢的就是我,而你们是因为聪明才显得蠢蠢的吧?"

教经的鼻子里发出喘息,从弥一身边离开。

果真是傻呆呆的。

弥一笑着站起身,可刚站起来,就因为背上的疼痛蹲在地上。他趴在地板上,不断喘着粗气。

教经似乎很担心,在弥一身边一圈圈打转。

"没事的。"

弥一抬起头，教经则停下脚步，鼻子凑到弥一脸旁，不断闻着气味。

"在美佐子和小绢来之前，我还不能死。所以说，我能挺住。"

他在地上趴了许久，痛苦才有所减弱。他身体朝上，伸开双臂。

"下个周六，还有十天，这点痛没什么大不了的。教经，你也帮我向神明祈祷吧。还有十天，无论如何让我平稳度过，你们都是神明派遣来的，我就这点心愿应该能帮忙吧？"

教经咬着弥一的袖口拽他。

它像是在说，不要躺在这里，快上床睡觉。

"知道了。"

弥一花了点时间起身。

"不能睡在客厅，不能喝太多酒，你可真像我那老婆子初惠啊。"

弥一低头看向教经。

"难不成是初惠附身在你身上了？"

他喃喃自语着，去盥洗室刷牙。

5

猎友会的那帮人没能把熊打死，受了枪伤的熊从村中仓皇逃走。

中村哲平从兵库县的丹波请来一位猎人，号称是枪杀熊的名人。

然而，这个人竟然是个骗子，由于太过紧张没有命中熊的要害，子弹留在侧腹里。熊受惊发疯似的跑掉，猎手们再难觅得熊的身影。

"真是丢人。"

弥一一边吃着止痛药一边发出叹息。

他前往医院，又拿到止痛药的单子。"最好还是住院""现在治疗还不算晚"，医生这些话他都快听出茧子来了却又不得不听。虽然很烦，但在每日剧增的疼痛下，他也无法任性胡来。

疼痛的次数逐渐增加，药效的时间则逐渐缩短。他只得谎称自己太忙，没时间来就诊，让医生多开些药单。可这种状态也不知能再保持多久。

市面上买到的药根本就没什么效果，等手头的药用完，下次就必须和医生好好谈一谈日后的事了。

他不住院，也不接受癌症治疗，只希望医生告诉自己接下来要如何去做即可。

教经在外面大叫，但只叫了一次，就朝土间方向看去。汽车的引擎声越来越近，估计是田村吧？教经能区分出邮递员的摩托车、快递的货车和田村小轿车的引擎声。

"弥一先生，打扰了。"

田村擅自将门打开，走进土间。

"我还当是谁呢。"

见到弥一的样子，田村不由得停下了脚步。

"弥一先生，你的脸色可不太好啊。"

"毕竟是病人了。"

"去医院了吗?"

"昨天去了。"

"我可非常担心你。"

田村坐在土间的椅子上。

"听说了吗?昨天没打死那头熊。"

"说是从丹波请来了高手?"

"那家伙是个骗子。昨天夜里,我向丹波的猎友会打听了,他们说那个人就是个练嘴皮子的。"

"居然会被这种人骗,哲平也是老糊涂了。"

弥一歪起嘴。

"他也很焦虑。选举在即,他本想借着捕熊的事出名。要是弥一先生能出手,就不会发生这种事了。"

"你是在说,错都在我身上了?"

田村慌忙摇头。

"怎么可能,不过这次请务必助我们一臂之力。受伤的熊很难对付,这件事弥一先生应该很清楚吧?"

受伤的熊会被恐惧与愤怒控制,无论见到什么都会攻击。所以人们才说,打熊就必须一枪毙命。

"现在村里的爷爷奶奶们都非常恐慌,还说不会投票给哲平先生了。"

"想让我帮忙是不可能的。"弥一自嘲道,"别说上山了,我现在连枪都拿不稳。"

"这么吃力吗?要是住院会不会就能好起来?"

"正常生活还说得过去，但要是进了山，我自己都觉得丢人。"

"真不行吗……"

"抱歉了。"

"生病也是没办法的事，熊的事我们会再想办法，祝你早日康复。"

田村点头行礼，走了出去。

教经一直看着弥一，像是在问他："这样做真的好吗？"

"这有什么办法。我现在的身子，去了也是帮倒忙。"

弥一避开教经的视线。

※

弥一打开枪支保险柜，取出 M1500。虽说枪已经许久未用，但在打理上从未懈怠过。

他将枪拆开，清理，再组装上。

扣动扳机，枪没什么问题。

弥一深吸一口气，然后吐出。

又轮到这把枪出场了，他本以为不会再用上它了。

为了赶熊，昨日中村哲平率领猎友会的成员进入山中，却遭到熊的反击，一位名叫铃木的男性会员身负重伤。

"确实该弄死这头熊了。"

弥一换好衣服，登山用的裤子搭配法兰绒衬衫，羊毛衫外面套着一件有着许多口袋的马甲，口袋里放有准备好的子弹、小刀和笛子。

再穿上登山靴，戴上常用的手套，便一切准备就绪。

"教经。"

一听到声音，教经就跑过来。

"我还没给你讲过怎么狩猎，不过你这么聪明，应该没问题吧？遵从我的指令行事即可，知道了吗？"

教经抬头看着弥一，那双眼睛清澈得可怕。

"杀完熊回来你就自由了，你不用再陪伴我，去寻找你的主人吧。"

弥一轻轻拍打教经的额头，然后走出房门，坐上货车，朝山脚的村落驶去。

集合地点是某神社的停车场，猎友会的全体成员都在那里碰头。

弥一停好车的时候，其他人全都集合完毕。

"弥一先生，今天就全仰仗您了。"

中村哲平一脸焦虑地说。出现了熊伤人的事故，他在猎友会中的面子已完全丢尽，选举可能也受到了影响。

"按勋说的那样，大家顺着山顶往下，把熊逼到鹤溜。"

弥一说道。鹤溜指的是半山腰一带的小水沟，很久以前，好像会有鹤在迁徙途中在那里歇脚。

"弥一先生一个人没问题吧？"

田村问。

"我一个人就够了。"

弥一回答。猎友会召集的都是些徒有虚名、技术拙劣的猎手。弥一清楚，带着他们上路只会碍手碍脚。

"那位从丹波过来的骗子猎手,说是要为受伤一事负责,独自一人进山了。"

中村哲平说。

"为何不阻止他?"

弥一厉声道,中村哲平的脸紧张得拧在一起。

"阻止了,但他就是不听。"

"竟然请这种人过来帮忙,你也真是老糊涂了。"

弥一把枪扛在肩上。

"算了,这种没什么经验的人就算一个人进山也干不了什么事。想必大家都知道了,只有笛声是信号,牵好自己的狗。"

听完弥一的话,全员点头示意。

"那就出发吧,我会待在鹤溜附近。"

男人们从神社两旁进入山中,猎犬们兴奋地吵个不停。

"真是的,这些狗有没有经过专业训练啊……"

弥一发出一声叹息,从另外一边进入山中。

弥一和教经在没有道路的山道上前行,弥一没有做出特别的指示,但教经一直跟在弥一身后。

上山不过五分钟,弥一就后悔没有带手杖了。

前往鹤溜的路不过二十分钟就能走完,他自以为这点路程不用手杖也没问题。

可体力的衰退远超弥一的想象。

他的背包和扛着的枪非常沉重,每在斜坡走一步,大腿上的肌肉都会颤抖,呼吸都很困难。

"身体不行了。"

弥一自语道。

"人就是这样死去的。"他回头对教经说,"直到去年,我还在满是积雪的这座山中四处奔走,现在却是一身狼狈相。"

教经听了弥一的话没有反应,只是不断闻着空气中的气味。

"也是,有空发牢骚还不如往前继续走。"

弥一擦擦额头上的汗水,然后咽了口水。照他目前的状况,到达鹤溜得花上一个小时吧。猎友会的成员们大约三十分钟后到达山顶,所以没多少时间了。

必须加快步伐。

弥一咬着牙快步向前,他呼吸急促,汗水如瀑布般往下落,双脚像铅一样重,肺也像被火烧一样。

当他见到水池时,早已筋疲力尽。

弥一散架般坐在一块巨大岩石的阴凉处,调整着自己的呼吸。他瞥了眼手表,比预定时间晚了十五分钟。

猎友会的成员们应该已经到达山顶,准备将熊逼近山脚方向了吧?

呼吸顺畅后,弥一在水池周边漫步。这片水池是山里的动物们饮水的地方,池畔附近散落着鹿、野猪、狐狸还有狸留下的痕迹,其中也有崭新的熊的足迹。

受伤的熊也在这里喝过水。

如今这里没有动物的身影,应该是畏惧猎友会散发出的杀气,全都躲起来了。

山顶方向传来击打金属罐子的声响。

男人们四散开来,边故意发出声响边往山下跑,将熊赶往鹤溜。

弥一回到岩石的阴凉处，给猎枪装上子弹。

"教经，绝对不许动。"

他给身旁的教经下达指令，让它趴在地上。同时准备好猎枪，调整好呼吸，放空自己的大脑。

与山融为一体，这是弥一狩猎的基本方法。不让猎物产生怀疑，全心全意进行捕杀。

没过多久，弥一注意到对面水池一侧的树丛在不断摇晃，他将手指放在扳机上。

不过弥一迅速又将手指移开，树丛摇晃的方式有些奇怪，里面好像不是野生动物。

"是从丹波过来的废物吗？"

弥一不耐烦地说着，然后站了起来。

若不快把生人赶走，熊觉出异样，就不会靠近这附近了。

弥一刚起身就踉跄了一下，他用手扶着岩石，支撑自己的身体。

水池对面的草丛中钻出一个人影——是丹波的猎手。

赶紧离开——就在弥一大幅度挥手的瞬间，他的胸口受到一阵冲击。他倒下的时候，听到一声枪响。

那个猎手错把弥一当成熊，给他来了一枪。

"蠢货——"

弥一勉强说出这句话，吐了一口血。

教经在大叫，刺耳且用力地大叫。

弥一没有感到疼痛，却浑身发冷，手脚最先冰冷。

就这样死了吗？

弥一睁开眼，冬日的蓝天闯入他的眼中，多么透彻的蓝天，和教经的眼睛一样。

长久以来，弥一用猎枪夺走了无数生命。到头来，自己的命也被一个蠢材手里的猎枪夺走。

"这就是因果报应吧。"

弥一想将这句话说出口，可不知道自己说出来没有。

有个柔软的东西触碰着他的脸颊。

是教经的舌头，教经在舔弥一的脸。

"不必了，我要死了。去找你的主人吧。"

弥一举起沉重的手，挥舞着。可教经一动不动。

它没有再舔弥一的脸，而是凝视着他。

"也对，你就是为了这件事才来到我身边的吧？就是为了看护我吧？"

教经的双眼果然和冬日的蓝天一样，漆黑但清澈。

"我本以为自己会独自死去，这才是适合我的死法。但是，教经，你却来到了我的身边。"

弥一露出微笑。

"谢谢你，教经。"

弥一死了。

少年与犬

1

不知什么东西从右前方森林的树影间闪过,"唰"地从眼前飞出。

内村踩住小型货车的刹车,是小野猪吗?这样的话,母野猪肯定就在附近。内村想尽快离开这里。

但是这里的路很窄,小猪崽就杵在道路的中央。

他按了按喇叭,希望喇叭声能吓跑小猪崽,还有待在附近的母野猪。

小猪崽蹲着不动,估计是被声音吓到了。

内村咂了咂舌,将头灯打开。此时已是日暮时分,天色本就昏暗,这里又是后山,视野就更加混沌。

"哎?"

头灯照亮的不是野猪的幼崽,而是只狗。它有些脏,身形消瘦,好像还带着伤。

内村从货车上下来。

"怎么了,是受伤了吗?"

他用柔和的语气说着,向狗靠近。

看上去像只杂交狗,应该是牧羊犬和日本犬的种。虽说现在瘦得只剩皮包骨头，但如果健康状态好起来的话，体重应该能达到二三十公斤。

狗的眼睛朝内村看去，尾巴不断摆动。看样子它并不怕人。

"你怎么瘦成这样？"

内村弯下腰，轻轻地将手放在狗鼻子的前面，狗舔起他的指尖。

"哪里受伤了？能让我稍微看一下吗？"

狗就这样趴在路上。内村抚摸着狗的身体，毛很粗糙，很多地方都擀毡了。有的擀毡是因为有血凝固在毛上，估计是在山中徘徊时被野猪袭击了，并不是什么重伤，但身上还是有伤口，并且疲惫、饥饿。

"你等一下。"

内村回到车上，从车里拿出买来的矿泉水和他当作餐点的香蕉。

他将瓶子倾斜喂狗喝水，水从瓶中流出，狗用舌头接住水，咕嘟咕嘟地喝着。然后他又将香蕉掰成小块喂给狗，狗边摇晃尾巴边吃香蕉。

"我想带你去动物医院，走吗？"

内村问狗，狗将眼睛闭上。

内村明白，狗这是明白了他的意思，便抱起它。

这只狗，轻到让人有些难过。

※

"它这是营养不良了。"

前田兽医说道，这是内村相识的农场主介绍的兽医。狗闭着眼睛趴在观察台上。

"应该没有什么生命危险，先打点滴观察一下吧。还有就是，这个小家伙的体内被植入了微型芯片。"

"微型芯片？"

"相当于用来识别狗的姓名牌，只要芯片被机器读取，就能知道这个小家伙的主人是谁。"

"那就请读取吧。可以的话，我想送这个孩子回家。"

"我知道了，请在接待室稍等一下。"

内村离开诊察室，刚走出医院，他的手机就响了。

"喂，谁啊？"

"怎么回事？吓死我了，我还以为你发生了什么事故。"

和问话的内容不同，妻子久子的声音听上去很悠闲。

"我在回家的路上发现一只狗。"

"狗？"

"骨瘦如柴，虚弱到连路都走不了。我就带它到宠物医院交给医生处理了，现在它应该在打点滴吧。"

"宠物医院用不了你的医疗保险吧？给狗看病开药不是很贵吗？"

家里的经济条件已然窘迫，内村也能明白久子发牢骚时的心情。

"这也是没办法的事，总不能见死不救吧。"

"说得也是。真那样的话，晚上睡觉会做噩梦的。"

"总之，我想它应该今天得住院，我办完手续就回家。晚饭你先吃吧。"

"知道了。"

"小光现在如何？"

他问起儿子的事。

"还是老样子，用蜡笔在画画，很开心。"

"这样啊，那就一会儿见。"

内村挂上电话，走进接待室。

"内村先生，请到诊察室来一趟。"

前台的女性引导内村推开诊察室的门。

"根据芯片的情报显示，小家伙以前住在岩手县。"

前田看着电脑屏幕说。

"岩手县？"

"釜石市，狗主人叫出口春子。小家伙今年六岁，名叫多闻，像是取自多闻天。"

前田敲打着键盘，相关资料便被打印出来。他将打印好的资料交给内村。

"住在岩手县的话，它是怎么来到熊本的……能联系上狗主人吗？"

"是的，我正是这样打算的。"

打印纸上附有狗主人在釜石市的地址和联系方式。

※

"从釜石过来的？"

正在洗东西的久子停下手,关掉自来水后,只剩下客厅传来的小光的蜡笔在画纸上飞驰的声音。

小光每天会画很多张画,几乎都是动物。看不出是猫是狗,总之都是一些叫不上名字,仅能判断出是动物的生物。

"没有和狗主人取得联系吗?"

"没有,芯片中登记的电话号码好像停机了。"

"它是怎么从釜石跑来这里的?"

"我也不知道。"

"缘分,妙不可言。"

内村点头,表示同意久子的话。发生大震灾之前,他们一家一直住在釜石市,海啸令他们失去了家园和船只。内村一再坚持重建家园,却因为小光对海边极为恐惧,最后只得放弃。于是在四年前,他们拜托远房亲戚,全家搬到熊本居住。

从渔夫转职为农夫,内村花了很长时间适应,现在仅仅是勉强有了稳定的收入。

"我拜托靖去帮忙调查,狗主人是否还住在芯片中登记的那个家里。"

内村已经很久没有和从前的渔夫同伴们联系了。

"釜石市,好令人怀念啊。那里现在怎么样了?"

搬家之后,他们再也没有回过釜石市。不,应该说他们的潜意识里一直想要忘记釜石。

"万一找不到狗主人该怎么办呢?"

"那就只能说这是一种不可思议的缘分了。"

内村答道。

"也是,不过不知道小光会怎么想。"

久子的视线移动到客厅,小光依旧在专心画画。

2

听靖说,出口春子死在那场地震中,整个人被海啸卷走。虽说釜石市还有亲戚在,但并没有人想收养多闻。

早晨忙完农活后,内村便前往医院。多闻被关在诊察室里侧房间的笼子里,一注意到内村就抬头上望,摇晃起尾巴。多亏点滴的药效,它的样子比昨天要好得多,就连它那脏乱的毛发,被擦洗过后也重现光泽。

"它恢复得很顺利,再观察一天,明天就可以出院。"前田说道,"对它进行很多方面的检查,除了营养失调外并没有其他问题。虽然身上有很多伤口,但也都愈合了。为以防万一,我会给它打狂犬病以及预防其他病症的疫苗。"

"有劳医生了,住在釜石市的那位狗主人,好像在大地震中去世了。"

听完内村的话,前田若有所思。

"也就是说,这个孩子用了五年时间才从釜石跑到熊本。"

"那它又是怎么游过来的呢?"

"狗可是游泳健将。"

前田笑了起来。

"还有,我要想领养这个孩子不会有什么问题吧?"

"没问题,反正它的主人去世了,这个小家伙现在基本上算是一条野狗,只要登记过领养信息,内村先生就能正式成为它的新主人了。"

"太好了。"

"登记信息手续之类的事情,在这里就可以办理。要去看看多闻吗?它对我和护士们都很冷淡。可你一来,它就摇起尾巴,看来对你很信赖嘛。"

内村点了点头,他来到关着多闻的笼子旁边,蹲下身来。

"多闻,从今以后我就是你的新主人,请多关照。"

他顺着缝隙把手指伸进去,多闻舔着他的手指,尾巴摇得更加猛烈。

※

内村刚准备给多闻的脖子戴上项圈,它就往后躲闪,明显是讨厌戴这个。

"你要是不戴项圈,就不能和我一起生活。"

内村的语气柔和却很坚定,多闻呆呆地看向内村,嘴里淌着口水。

"我保证你不会很讨厌戴上它的感觉。你就相信我吧,我可是你的救命恩人啊。"

多闻不再后退,任由内村轻轻地把项圈给它戴上。

"你看看,我就说可以吧。"

他又将狗链系在项圈的金属圆环上,站起身。多闻小心翼翼地从笼子里走出来。

"走吧。"

内村向前田稍施一礼,然后带着多闻一同走出诊察室,随后把该支付的费用全都付完。

虽然还是瘦得皮包骨,但多闻的步伐已然稳健起来。前田也说过,如果能变回原先的样子,它的体重应该能达到二十至三十公斤。

内村抱起多闻,将它放在货车的副驾驶座上。

"就今天一次,等你恢复了精神,后面的车斗就是你的家。"

抚摸完多闻的额头,内村回到驾驶室。多闻晃动着鼻子,确认车内的气味。

"快点恢复精神,这样就能带你去散步了。"

再度抚摸多闻的额头后,内村发动货车。多闻的视线则移向窗外。

内村的货车开得并不快,像是在让多闻欣赏窗外的景色。如果驶入农道,来往的车辆也会锐减。

平常只需花费十五分钟的路程,这次用了三十分钟才到家。一听到货车引擎的声音,久子就来到门外。

"小光,多闻来了哟。"

久子向屋内喊了一声,但不见小光的身影,估计他还在专心画画吧。

内村抱着多闻,将它放在地上,它闻了一会儿地面,向久子身边靠近。

久子蹲下身,任凭多闻亲近。多闻闻着久子身上的气味,舔着她的脸颊。

"你喜欢我？"

多闻摇晃着尾巴。

"还真是够瘦的，那我就让你可劲儿地吃，恢复体重和精神。如何？"

久子一边抚摸多闻的额头，一边站起身。

"不过，在此之前，我们要先把你收拾干净。"

她已事先将准备好的水桶和毛巾放在屋前，以多闻现在的体力，给它洗澡是不可能了，于是久子用湿毛巾擦拭它的身体。

玄关那头发出一阵响动。多闻抬头望向玄关，以夫妻俩从未见识过的幅度摇晃着尾巴。

小光赤脚走出门外。

"小光，把鞋穿——"

久子把正要说出的话咽了回去，小光直勾勾地看着多闻，多闻的尾巴晃得更加激烈。

小光展颜一笑，他笑着接近多闻，抚摸着它。

内村吞咽着口中的口水。

自大地震发生以来，他还是第一次见到小光露出笑容。

※

久子发现小光出现异样的行径，是在避难所生活的第三天结束后。

"他始终面无表情，一言不发，也不哭不闹。"

夫妻俩估计小光是精神受到了打击，就连大人想起这种恐怖的事都会失神，就更别提三岁小孩了。

久子对自己说，时间会治愈一切。

实际上，在避难所那样混乱的环境里，医生已无余力帮小光诊治。

住在避难所的这段时间里，夫妻俩将能想到的办法都用尽了：和小光频繁聊天、邀他做游戏，可小光总是不发一言，脸上不见丝毫表情。

小光唯一感兴趣的就是纸和铅笔，他不停地用铅笔流畅自如地在纸上勾勒着内村等人难以识别的画作。

小光正式接受医生的诊治，是在震灾过后的一个月。夫妻俩借朋友的车前往仙台专门针对儿童的心理内科。

诊断结果与内村这个外行之前得出的结论是一致的，小光遭遇了灾后心理创伤。内村想，也许时间可以治愈一切吧。

然而，过了一个月，甚至三个月，小光依旧没有开口，只是不停地画画。

他们也尝试了医生推荐的认为会对小光的病症有所帮助的治疗方法，但效果全无。

一天，内村与久子抱着小光前往港口。他们曾听人说起港口周遭的惨状，但还是想亲眼目睹这一切。

街区依旧残破不堪，空气中残存着木材燃烧过后的味道，遍地都是残垣断壁，被海浪冲上陆地的渔船更是将道路堵到水泄不通。

被内村抱在身上的小光紧闭着眼睛。震灾发生的时候内村也是这样抱着小光的,海啸袭来之际,他们不顾一切地直奔高地。不过小光应该不记得那时发生的事了吧?

一靠近大海,便能听到海浪的声音。有那么一瞬间,木材燃烧的气味、潮水的气味全都消失了。

怀中的小光开始大哭大闹,发出尖锐刺耳的哀号。

内村慌忙带着小光从海边离开,可小光的悲鸣并没有收住。

到了夜里,小光还在悲鸣。内村与久子感受到周围避难者无言的斥责,只得抱着小光走出去,等待夜晚终了。

从那之后,只要接近大海小光就会大声哭喊,到了深夜也会继续怪叫。

没过多久,内村和久子便果断决定,搬到远离大海的地方居住。

3

小光与多闻形影不离,连睡觉都要在一起。

久子用湿毛巾擦拭过多闻的身体,但它身上还是有些脏。换作平常,久子绝对不会允许这样脏的狗和小光睡在同一张床上。

可是,小光的笑容打破了一切原则。

况且好在多闻也很规矩,不会在家里随便大小便,仿佛曾和人一起生活过似的。

内村很纳闷——发生震灾的时候,它应该还是只幼犬,与那位名叫出口春子的狗主人走失后,又是谁在饲养这只狗呢?

到了白天,庭院成了小光和多闻的地盘。他们要么是亲密地站在一排晒着太阳,要么就是在不怎么大的庭院里到处走,片刻都不曾分离。

自从多闻来到这个家,小光就不再画画。

多闻的体重日益增长,夫妻俩给多闻吃的狗粮是前田推荐的,具有治疗功效。但与其说是托了营养价值较高的狗粮的福,不如说是小光倾注了爱的养分。

小光还是不开口说话,但是他笑了,是真正的开怀大笑。

他只把笑脸留给多闻,多闻也对小光露出笑容。

这栋自搬来就被阴霾缠绕的老房子终于迎来光明,宛如拨云见日。

光明的中心正是小光与多闻。

内村与久子守望着对多闻展露笑容的小光和接受这份笑容的多闻,心中充满了暖意。

"多闻是上天的恩赐。"久子这样说道,"对咱们来说,它就是天使。"

内村点头同意。

庭院里,小光与多闻玩着捡球游戏。多闻追赶着小光扔出去的球,再用嘴叼回来。

每次多闻跑回来,小光都会开心地抚摸它的头和背,多闻也为自己骄傲地挺起胸膛。

内村突然想到——说不定小光与多闻前世就曾结下缘分。

正因如此,他们才能成为亲密的朋友。从初次见面的那个瞬间开始，小光与多闻就像在命运安排下坠入爱河的男女，产生了强烈的羁绊，还有无法撼动分毫的信赖。

如果其中一方死了，另一方也无法独活。

内村摇晃着脑袋。

自己不应该想这么无聊的事。如今，他只要守护小光与多闻幸福快乐的时光即可。

"老公……"

久子呼喊着内村，她边看着小光他们，边将双手捂在嘴上。

"怎么了？"

内村顺着久子的视线望去，不知在什么时候，捡球游戏结束了。小光坐在外廊上，多闻趴着，头枕着小光的大腿，小光眯着眼抚摸多闻的头。

"多、闻。"

他们听到了，确确实实听到了，还看到小光的嘴动了。

内村紧紧握住原想送到嘴边的茶碗。

"小光说话了。"

久子哽咽般地说道。

"你先安静点。"

内村克制住久子，仔细倾听着声音。

"多、闻。"

声音从小光的嘴里发出，他说出了多闻的名字。

"小光，你刚才在说什么？"

内村悄悄地接近小光，小光转过头。

"多闻。"

小光开口说道。

"没错,是叫多闻,这个家伙名字叫多闻。"

"多闻、多闻、多闻。"

"没错,是叫多闻。小光,你是在喊多闻的名字吗?"

小光点了点头,内村将脸转向久子。

"小光他开口说话了!"

久子也点了点头,她早已泪流满面。

※

与多闻生活一星期后的一个夜里,秋田靖打来电话。

"之前真是不好意思,拜托你调查这么麻烦的事。"

"那些都是小事。比起那个,和狗生活得如何?"

"小光他开口说话了。"

内村回答道,靖多少也知道些他家的事。

"小光?真的吗?"

"虽然只是呼喊狗的名字,可即便如此,也是很了不起的进步了。我真的很感谢多闻。"

"那只狗的名字……"

"他俩黏在一起,而且小光还会对多闻露出微笑。"

"那真是太好了。"

"是啊,照这个状态逐渐改善的话,他可能就能去上学了。"

"听到你高兴的声音,就连我也跟着开心起来。插句题外话,你能拍一张多闻的照片发到我的邮箱吗?"

"多闻的照片？为什么还要拍？"

"我就是听到了一些奇怪的传闻，想再确认下。"

"什么传闻？"

"等我确认好后再告诉你。总之，你先把照片发给我。"

"这倒没什么……"

"你偶尔也回这里一趟吧，和老朋友们聚会喝一杯。"

"也是，我考虑下，回头聊。"

内村挂掉电话，向小光的房间走去。小光在睡觉，最近他很贪睡。原先他只是画画，大概是与多闻一起玩的缘故，小光的身体也得以充分活动了吧？

多闻趴在小光的身边，内村刚进入房间它便抬起头，与其说是在一起睡觉，不如说它是在守护着小光。

"打扰你一下可以吗？"

内村打开房间的灯，用手机对着多闻拍了张照片。

"这样就可以了吧？"

他确认照片拍得没问题后，熄灯退出房间，将照片发送给靖。

"他刚刚电话里提到的奇怪的传闻是什么？"

他很纳闷，却完全想不出来。

4

"内村给前田写了封多闻康复情况的反馈邮件，得到前田的许可后，开始带多闻和小光一起出门散步。

除去往返医院，小光已经很久没有出过门了。

他们穿过家门口的巷子向左走，步行大约十分钟就能走到满是水稻的农地里。从巷子穿行到农田间，过往的车辆也慢慢变少。

多闻走在内村的左侧，它虽然讨厌项圈和狗链，但没有表现出过分的排斥。

不一会儿，他们就进入农道，小光跑到前面转过身，向内村伸出右手。

"你想牵狗链吗？"

内村问，小光没有应答，却用充满期待的眼神目不转睛地盯着内村。

"多闻，可以吗？"

内村低头看着多闻，多闻的目光也闪烁着与小光同样的、期待的光芒。

他蹲下身子，凝视小光的眼睛。

"千万不能松手，明白吗？"

刚说完话，小光就握住狗链的一端。小光的脸拧成一团，无法掩饰喜悦之情。

"多闻。"

小光呼喊着多闻的名字。多闻站在小光身边，猛烈地摇晃尾巴。

"多闻。"

小光迈出步伐，多闻配合着他的速度向前走。看样子它从很久之前，就习惯这样散步了。

内村注视着在不远处散步的小光和多闻。

随着多闻体重的增加，它走路的姿势也气派不少。内村无比确信，就算真有意外发生，多闻也能替自己保护好小光。

内村深吸一口气。

春季的蓝天遍布头顶，浮云映在灌溉好的水田之上。内村还能听到附近溪流发出的潺潺水声。此刻的釜石市尚在晚冬，熊本的三月已然是熏风徐徐、温度宜人了。内村也能感受到，自己是实打实地身处于春季之中。

小光正与多闻在满是春色、春香、春声的世界中散步。

其实内村从未想过有朝一日会见到这样的场景，他为了小光竭尽所能，可不得不承认，他在不知不觉中也有些自暴自弃了。

长久以来，小光除了画画什么都不干。别说学校了，他连家门都不出。内村与久子别无选择，只好继续如履薄冰地维系这个脆弱且疲惫的三口之家，勉强照顾小光。

内村心烦意乱地想着这些。

可现在，小光已经走出家门。他沐浴在春光中露出笑容，爱抚着走在他身边的多闻。

内村甚至曾怀疑，一切会不会是一场梦。

今日所见到的光景，包括自己拯救多闻在内，该不会都是在梦中发生的事吧？

该不会自己一觉醒来后，一切都会回到从前吧？

每当想到这些，内村就疯狂摇头，让自己振作起来。

神终于向整日生活在痛苦中的小光伸出援手，而多闻就是神的使者。当看到小光与多闻嬉戏、对它微笑时，内村提醒自己心怀感恩便已足够。

"小光。"

内村冲背对着自己的小光喊了一声,小光回过头。以前不论内村和久子怎样呼喊,他都没有反应。

"到我这里来玩,这边可是咱家的田。"

内村向当地工会借了三亩地,用以种植水稻,种出的大米对于三口之家而言是多了些,于是他们将多余的大米送给釜石市的熟人,大受欢迎。考虑到小光也要吃这些大米,他特意用原始的耕作方法精心栽培,几乎不会喷洒农药。

他牵着小光的手,前往田间小道。如果让小光在别人家的田里玩耍,内村总会有些担心,但如果是自己的田,让孩子与狗在田间嬉戏也没有关系。水田后面有一个小山谷,侧面的田垄宽得足以让小型卡车出入。

内村带着小光他们进入这条宽阔的田垄上,将多闻的狗链解开。

"多闻,你可以随心所欲地奔跑了,小光也一样。"

多闻向前奔跑,跑出去十几米后站住脚步,回头观望,像是在邀请小光一起过来似的。

小光明白多闻的意思,也跟着跑过去。多闻闪身前跑,不时回头确认小光有没有跟上,并配合他的步伐调整速度。

"多闻真是个聪明的家伙。"

小光呼喊着追赶多闻,稻田的水面倒映着他们的身影。

好幸福啊——内村突然感慨。

我们是幸福的。那场大地震过后五年,我们一家终于重归幸福。

内村看着小光他们你追我赶,自己也在水田附近漫步。

到五月就能插秧了,插完秧就要和杂草搏斗,以往那些自己想要退避三舍的劳动,今年应该能够在欢声笑语中干完了。

小光追赶着多闻,从后面一把搂住它。多闻故意放慢了速度,小光看上去很开心,多闻也是。

小光看向内村,挥舞着举起的手。

"这里。"

他发出声音。

"来……这里。"

内村忽然流出泪水。

"你是在跟爸爸说话吗?小光,你是在说'爸爸,来这里'吗?"

"来……这里。"

"爸爸这就来。"

内村流着泪,奔向小光他们。

※

"他叫'妈妈'了。"

餐桌上,久子托着腮帮子说,她的神情就像是在做梦。

"老公,你刚才也听到了吧?"

刚才吃饭的时候,小光对久子喊了声"妈妈"。虽说只有一声,但毫无疑问,他确实是在对久子说话。

"没想到还能迎来这一天,好像做梦一样。"

久子的表情变得温和，即便内村让她再拿一瓶啤酒，她也没有像从前一样发脾气。

客厅只出现了多闻的身影，小光刷完牙就去睡觉了，最近多闻看小光睡着了，就会到客厅去。

"小光睡着了？"

内村问道，多闻将下颌搭在内村的大腿上，以示回答。

"所以你就过来撒娇了？"

多闻仿佛将自己视作小光的大哥。小光在的时候它会尽心尽力充当保护者，一旦小光睡着它就会放弃这个身份，跑到内村和久子面前撒娇。

内村温柔地抚摸着多闻的额头。

"多闻，下次喂你吃烤牛排，作为你对小光所做的奖励。"

久子说完，多闻大幅度地摇晃起尾巴。

"哎哟喂，可是我把多闻带回来的，老婆你也奖励奖励我嘛。"

"老公，你光喝啤酒就够了。"

"啤酒和牛排怎么能比啊？"

这时手机收到来电，内村笑着伸手去拿。是靖打来的电话。

"喂，怎么了？通过多闻的照片，你查到什么了？"

"你可别惊讶啊，彻。"

靖的声音有些紧张。

"怎么了嘛！"

"小光和那只叫多闻的狗，在你们还住这边的时候就结下缘分了。"

"你这话是什么意思？"

内村摆正姿势。

"震灾之前,贞奶奶不是经常带着小光去港口附近的公园吗?"

"是啊。"

内村点头,靖口中的贞奶奶是内村的母亲贞子。为了贴补家用,久子在附近的超市当临时工,白天由母亲帮忙照顾小光。

"那个叫出口春子的人,经常带多闻去那个公园,就在她带多闻散步的途中,他们相遇了。"

"你说的是真的吗?"

内村拿着手机的手开始颤抖,久子脸上浮现出诧异的神情,看着内村。多闻的下颌还枕在内村的大腿上。

"我有位相识的大爷,震灾前经常来这个公园消磨时间,他好像总是和贞奶奶聊天。你跟我说起多闻这只狗的时候我忽然就想起来了,以前曾听这位老爷子说过,有一位中年女子带着小狗出来散步,小狗与贞奶奶带的小孩很快就成了朋友。小孩和狗都很单纯,脾性相投,很快就玩到一块去了。"

"难不成,那只小狗的名字……"

"就叫多闻,老爷子经常说,这狗的名字很少见呢。"

内村刚用啤酒润过的嗓子,不知什么时候又干得火辣辣的。

"所以我才让你传一张多闻的照片。老爷子看到照片,就说应该是同一只狗。听说老爷子以前问过狗主人这只狗是不是牧羊犬,主人说它是牧羊犬和日本犬的串儿。"

"所以你的意思是,多闻从釜石跑到熊本,就是为了和五年前的好朋友小光见面?"

这不可能,内村一家搬到熊本的事,这只狗铁定不会知道。

即便是顺着气味找过来，也太离谱了。

"是不是很不可思议？我是这样想的，主人死于海啸后，这只狗就四处流浪，满世界寻找除了主人以外自己最喜欢的小光。"

"这种可能性也太低了吧……"

"可是，那只狗体内不是植入了微型芯片吗？芯片也记录着'釜石的多闻'这个信息啊。假设它与小光初次见面的时候是一岁，年龄也和现在对得上。更何况还是牧羊犬和日本犬的串儿，多闻肯定有牧羊犬的血统吧。"

"说得也是……"

内村看向多闻，它身上的肉已经全长回来了，体重差不多三十公斤。可内村刚发现它的时候，它连十五公斤都不到，还全身是伤。

它真的是为了寻找小光，才在全日本四处流浪吗？然后碰巧出现在内村货车的前面，接着摔倒？

"我把那位老爷子的联系方式告诉你，有什么问题你直接问他如何？"靖说。

"拜托了。"

内村回答道。

※

和靖相识的那位老爷子叫田中重雄，是位退休渔夫，内村隐约有些印象。他也在海啸中失去住宅，现在好像在仙台的儿子与儿媳家中借住。

老爷子事先已经从靖那里听说了内村的事，所以内村打电话过去的时候，反应很是友好。

田中说，小光与多闻最初相遇的时间是2010年的初秋。

傍晚时分，内村的母亲一如既往地带小光来到公园，与坐在长凳上抽烟的田中打了个招呼，然后抱着小光去坐秋千。小光非常喜欢坐秋千。

母亲一边轻轻摇晃秋千，一边对小光说话，时不时地还会和田中闲聊。就在这个时候，出口春子带着小狗经过公园附近。出口春子平时都不会走到公园里面，只是从旁边经过，但这一次，小狗拖曳着狗绳，硬是进了公园。

"那只狗好像是直奔小光而来似的。"

田中如此说道。

狗主人出口春子对狗的行为困惑不已，但小光看见狗接近自己，脸上就浮现出笑容。

"汪汪、汪汪。"

小光这样说着，从内村母亲的腿上跳下来，靠近那只小狗。

"怎么说呢，他们俩就好像久别的恋人重逢一般。我后来还跟贞子和春子感叹过，竟然还有这么浪漫的相遇。"

从那天开始，除了下雨下雪，出口春子都会带小狗来公园。在公园的沙坑里，小光和多闻如同兄弟般紧挨在一起，相互嬉戏。

"我不擅长记人和狗的名字，但那只狗的名字我却很快就记住了，多闻天的多闻。春子说，那只狗刚出生时的脸像极了摆在家中的毗沙门天像，'毗沙门'太拗口了，于是就取名多闻。"

内村回想起来，此神独立出现的时候被称为毗沙门天，作为四天王时则被称为多闻天。

"贞子当时也笑眯眯地看小光和多闻亲密无间的样子呢,你没听她讲过吗?"

"没有,她没和我讲过这些细节。"

内村模糊地记得母亲和自己说过小光和一只小狗成了朋友,但也仅止于此。靖打来电话后,他问过久子知不知道,但久子和自己一样也不知情。

那时候夫妻二人整日拼命挣钱,没有精力多听母亲说话。

秋深冬至,母亲不再每日带着小光前往公园,但遇到好天气或比较暖和的时候还是会去。似乎是小光一直央求母亲,想和多闻见面。

每到公园,都会遇到等待小光的出口春子和多闻。

即便出口春子告诉多闻小光今天不会来,它还是会拽着绳子朝公园奔去。

平时这个孩子绝不会这样,可只要是和小光有关的事,它就会变得疯狂。

出口春子曾对田中这样说过,然后发出长长的叹息。

"春子也曾说过:'为何多闻会如此喜欢小光呢?'我跟她说:喜欢一个人不需要什么理由,一见如故,就是一见如故,双方看对了眼便能合得来。"田中说,"其实也能感觉到春子和多闻之间也有很深的感情,要是没有发生那场震灾就好了。"

田中叹着气,沉默片刻。内村则静静等候他再次开口。

"住在避难所的时候,我偶然见过多闻一次,不过那是震灾发生后一个来月的事了。我呼喊着它的名字,它好像是没听见,继续四处游走,我想它应该是在寻找春子吧。那个时候我已经听闻春子去世了,觉得它很可怜。于是第二天,我便到那个公园去看了看,公园也被海啸破坏得不成样子。不过和我想的一样,多闻守在那里。"

田中说多闻一直望着原来沙坑的位置,它肯定是在担心小光。

田中告诉多闻,出口春子已经去往天国,但多闻无动于衷。它的身姿既坚强又可怜,田中想将多闻带回去,但无奈自己还住在避难所,无法带它回去。

于是,田中一拿到吃的便带到公园,喂给多闻。

"它一定快饿坏了吧,虽然我只能给它带些饭团之类的东西,但它都会狼吞虎咽地吃下去。"

田中告诉亲戚和熟人,一旦见到内村的母亲就立即通知他。

总之,出口春子已经不在这个世上了,多闻一定想和自己最爱的小光见面。

"我没想到连贞子也去世了,虽然自己也多少知道有关你的事,却不知道你叫什么,也记不清你的相貌,只得报上贞子的名字慢慢寻找。"

即便出口春子去世,无法见到小光,多闻还是每天都会出现在公园里。

"从我初次带食物到那个公园开始,差不多过去了两个月。那时樱花已经凋零,想必应该是五月末吧,突然就看不到多闻了。"

田中日复一日地前往那个公园,可依然不见多闻的身影。

就算多闻再怎么聪明，它当时还是只不满一岁的小狗，可能是死于某起事故了。

田中这样想着，向天祈祷，然而转瞬间，又有一个想法浮现在他的脑海中。

能在那场大震灾中活下来的狗怎么可能轻易死掉？它必定是去寻找小光了，肯定是这样的。

多闻还活着。

田中信心十足地离开了公园。

"那之后，我再也没有见过多闻，几乎都快把它忘了。可谁又能想到，它为了寻找小光，竟然能跑到熊本市呢。"

田中感慨道。

"不过，我虽然震惊，但也没到难以置信的地步。相比之下，'果然如此'的情绪更强，多闻就会给人那样的感觉。最重要的是，它最喜欢的就是小光。"

内村郑重地谢过田中，挂掉了电话。

※

"这个多闻真的就是那个多闻吗？"

听内村讲完田中的那些话后，久子瞪大眼睛，惊讶地说道。

"是的。"

内村点头。

"你到底是怎样的小宝贝啊。"

久子坐在榻榻米上，用手招呼多闻过来，默默地紧紧抱着它。

"从釜石到熊本的这段路上,你都遭遇了些什么啊?你是靠什么坚持走下来的?是一心一意地想见小光吗?为什么这么喜欢小光呢?"

多闻歪着头,舔起久子的脸颊。

"我稍微想了下……"

内村一边想一边开口说。

"什么?"

"我想在网络社交平台上发文,把多闻的照片和它从釜石来到熊本的经历写出来,然后问问有谁知道多闻这段时期都经历了什么,求网友帮忙转发。"

"社交平台上?为什么要做这种事?"

"我猜多闻不会一直都在独自流浪,毕竟它花了五年时间才好不容易找到这里,中途它应该被人收养过,或者曾和谁同行,这些都是有可能的。狗和狼是群居生物,如果独自行动,光觅食就非常困难,它不可能在这五年时间里一直忍受饥饿,想来它应该是从人手中获得过食物。"

"会有结果吗?仅凭多闻这个名字?不读取它体内的芯片,谁知道它叫什么呢?"

"不这样试试,什么都不会知道。你不想了解有关多闻的事吗?这五年的时间里,多闻到底去过哪些地方、干了些什么、它是怎么来到熊本……怎么找到小光的?如果能知道的话,我想把这些告诉小光。"

"说得也是,如果有办法知道的话,小光也会很想知道的。"

久子又抱紧了多闻。

5

内村在社交平台的投稿石沉大海，偶尔有回复，也多是些恶作剧，或是有人误将其他的狗和多闻弄混。

他在投稿前就做好了没有结果的心理准备，虽然劝自己不要太过期待，可没有一点回响，也多少令人失落。

网络投稿以失败告终，但多闻来到这个家后，全家人的生活也充实起来。

和这个相比，更令内村和久子开心的莫过于小光能够开口说话，单词量比同龄孩子少很多，但每天都在增加。

"这个怎么念？"

这是小光近期常说的话，从吃的东西到路边的杂草，他拼命记住自己发现的每一样东西。

与内村和久子对话的时候也是，即便语法上有些生硬别扭，也不妨碍小光明确表达出自己的意思。

小光再次拾起自从跟多闻一起生活就没碰过的绘画。

他还选好了绘画对象——多闻。

原来之前小光画的就是多闻。

无数张画中，分不清是猫是狗，还是其他动物的线团，应该都是多闻。

那场恐怖的大震灾发生之前，多闻向小光献上了自己无私的爱。而一直以来，小光都在描绘着他记忆中的多闻。

内村和久子如此坚信着。

当小光的心被恐惧冰冻的时候,只有一道光能够照进他的内心,那道光必然是多闻与他的回忆。

每天入睡前,内村和久子都会轮番拥抱多闻。

这是他们对多闻的感谢仪式,感谢它如救世主一般,把小光从深渊中拯救出来。

多闻满不在乎地接受他们的拥抱,摇着尾巴,在仪式结束后返回小光的寝室,与小光共眠。

小光和狗并排睡觉的样子像极了一幅宗教画。内村一边注意不吵醒小光,一边拍下无数张照片,都是小光和多闻睡觉时的样子。

他希望有一天,小光会愿意照着这些照片画一幅画。

※

房子不断摇晃,寝室中传来小光的悲鸣,震动逐渐变得激烈。内村努力保持着平衡,慌忙跑向小光的寝室。

是大地震,内村因为心理作用嗓子有些发干,他对之前那场大地震依旧记忆犹新。

"小光!"

内村大叫着飞奔到寝室,走廊上发出的微光照在抽抽搭搭哭泣的小光身上。多闻端正地站在小光身前,像是在守护他。

"小光,不要紧吧?只是地震而已。咱们离海远着呢,不会有海啸过来。"

内村边哄小光，边将他抱起。小光猛烈地颤抖着。

"不会有事的，不会有事的，爸爸和妈妈会陪着你，多闻也会保护小光。"

"多闻？"

小光的哭声止住了。

"是的。你看，多闻就在这里，它在这里守护着小光。只要和多闻在一起，就没什么好怕的了，对吧？"

小光点了点头，光线随即消失，停电了。小光再次发出刺耳的悲鸣。

"久子，把手电筒拿过来。"

内村死死抱住小光，对久子喊道。

"没事的，不过是停电罢了。"

内村安慰着小光，可他自己也心生恐惧。

因为地震和海啸，内村一家逃离至熊本市，可还是遇上了不亚于釜石市的地震，难不成自己和家人被诅咒了吗？

内村满脑子想着这些糟心事，忽然觉得自己的身体碰到了一个温暖的东西，是多闻，多闻将身体靠了过来。

内村感受到它全身壮硕的肌肉，还有它的体温。多闻仿佛是在告诉内村：不要害怕。

多闻的意思十分明确：

既然你是一家之主，就要有一家之主的样子。

内村点了点头，保护久子、小光和多闻是自己的本分，自己不能被恐惧吞噬。

灯光不断靠近内村，是久子拿着手电筒过来了。

"老公……"

"快点到我这边来。"

小光的寝室除了床什么也没有，待在这个房间，不用担心会被家具砸伤。

即便如此，他还是让久子和小光披上被子，以备不时之需。

"你们不要乱动，在我回来之前都不能动，好吗，久子？"

震动逐渐平息，但仍然不可掉以轻心。这是内村在上一场大地震中得到的教训，地震不会一次就结束。

屋外一片漆黑，是集体断电。内村望向熊本的商业区方向，连那里也陷入黑暗。他下意识寻找火的踪影，因为上次地震留给他的记忆就是漫天大火。

好在这次并没有发生火灾。

内村钻进货车，发动引擎。他打开车载广播，调到NHK的频道。

播音员说，熊本的烈度为六级弱，益城町的烈度为七级。

总之，熊本县全境遭受地震袭击。

这场地震不会引发海啸——听到播音员说出这句话的瞬间，内村全身都放松了。从地理角度出发，哪怕真的引起巨大海啸，也不会对此地有影响。可即便如此，内村还是无法根除本能的恐惧。

他将货车开到门口，再度回到家中，震动几乎停止。

"快出来，咱们去公民馆。"

离家最近的指定避难所就是公民馆，钢筋混凝土的建筑至少要比内村家结实不少。

"快点。"

久子扔开被子，抱着小光离开寝室，多闻紧跟其后。内村则来到客厅，取出钱包、存折、印章后离开家。久子和小光坐在副驾驶座上，多闻跳上车斗。

"咱们出发了。"

将存折和印章交给久子后，内村开着货车出发。住在附近的邻居也都走出家门，他们虽说都脸色发青，但并没有紧迫感，认为没有去避难所的必要。

"棚桥先生——"

内村边开着车，边对住在自家旁边的老人喊话。

"您最好还是去避难所，余震肯定会来的。虽然房子现在没事，如果余震反复出现，难保能支撑得住，而且后山有坍塌的风险。"

"可这里从未发生过这种事啊。"

棚桥并不领情。

"这也只是我的忠告。"

内村脚踩油门离开了，毫无震灾经验的人不会明白灾难的恐怖。

"他们为什么不逃跑？"

坐在副驾驶座上的久子咂起嘴，通过后视镜，人们手电筒所发出的亮光离他们越来越远。

※

刚过深夜，果然发生了大的震动。内村一家通过同样来公民馆避难的居民带来的电池式收音机得知，余震的烈度也在六级左右。

老式的木质民房也许能撑过一次地震，但如果紧接着遭遇更大的地震，就很有可能会坍塌。

也不知棚桥和其他居民如何了。

小光仍然在打战，久子和多闻一直在安抚他。带狗进入公民馆是违反规定的，但向管理人员说明缘由后，对方表示由于现在的避难者较少，多闻可以和家人一同留下，但只能在馆内待到白天。

内村一宿没睡地迎来了白天。

虽然偶尔还会感到小的震动，但应该不会发生大余震了。

不过日后应该还会发生数起余震吧，只不过规模逐渐变小和频度也会变少。

天亮后，小光恢复了平静。广播新闻的报道，令人们逐渐了解到本次地震的受灾程度。

果然，受灾最严重的是益城町。

吃完公民馆工作人员准备的泡面和饭团，内村决定回家看看。

余震应该已经稳定了，海啸也不会发生，地震、海啸和火灾是灾难三重奏。之前那样可怕的大灾难，五年内很难发生第二次。

幸而回去并未见到有房屋坍塌，所有人都在忙着收拾震后的残局。

家里比预想中还要混乱，橱柜、书架和衣柜全都倒在地上，客厅和厨房散落了一地的破碎餐具，简直无处下脚。电依旧没有恢复，水也停了。

不过，家还在，没有被海啸吞噬，也没有被大火焚毁。哪怕只剩下足以抵挡风雨的房顶和墙壁，内村也知足了。

他开始和久子一起整理房子，小光也来帮久子。有时还会有微弱的余震袭来，全家人就像被冻住似的静静等待余震停止，再忍受着痛苦继续收拾。

这一次，小光表现得十分稳定，多亏了多闻一直陪在他身边。

他们从有水井的人家弄到水，用卡式炉煮好意大利面，搅拌着压缩食品的酱汁充当晚饭。

简单却美味，小光再次露出笑容。

到了晚上，他们点亮手提灯照明。经受过上一次大地震的人，家中应该都备有防灾物资吧。

有备方可无患，但在当初，能充分准备这些的人屈指可数。

"虽说吓人，但和那个时候的感觉不太一样。"

吃完饭，久子边收拾边说道。

"只要家还在就好很多。"

"是啊，比在避难所和一大帮子人挤着睡舒服多了。旱田和水稻好像也平安无事……明天我去好好看看。"

"我听吉泽先生说，明天好像就能恢复供电。"

久子所说的人在这村中是长老般的存在。

"要是电和水能恢复，就能重新开始日常生活了。好了，咱们早点休息，做好重启生活的准备吧。"

"也是。今晚就在客厅铺上被褥，全家人一起睡吧，多闻也一起来。"

"真的吗?"

小光的声调上扬。

"是的,多闻也是咱家的一员,全家要睡在一起。这样的话,小光就不会害怕了吧?"

"我才不怕地震呢!"

"是吗,小光真是个男子汉。地震什么的,压根儿就不在乎。"

"'压根儿就不在乎'是什么意思?"

小光的问话令内村和久子捧腹大笑。

他们边给小光解释话的意思,边给他盖上被子,躺在他的身边。

能在刚发生地震后笑着睡觉,这是当年想都不敢想的。

内村笑着闭上眼睛,很快便进入梦乡。

※

地板猛烈晃动,内村还以为是场梦。

直到听到小光的悲鸣,他才坐起来。

地震了,震动比昨天还要猛烈,柱子与墙壁相互摩擦,发出咯吱咯吱的声响。内村伸手想要拿起放在枕边的手提灯,却什么都没碰到。在猛烈的摇晃下,所有东西都在晃动。

"老公!"

久子向内村喊道,内村一屁股摔倒在被子上,在这激烈的摇晃中,根本就站不起来。

"久子,手电筒在哪里?我找不到手提灯了。"

内村话音刚落,灯就亮了,是久子打开了手电筒的开关。

灰尘从天花板上掉落,柱子则如波浪般晃动。

木材在挤压中发出激烈的响声。

"老公!"

久子又喊了一声,紧接着,天花板塌落了。

内村立刻伏倒,折断的柱子倒在他手指的前面,久子和小光的悲鸣重叠在一起。

内村满嘴灰尘,久子死死抱住他的右臂,震动还在持续,他们的头顶上不断有东西落下。

内村拉住久子,寻找小光。

小光正抱着头蹲在地上,多闻护在小光身边。即便是狗,遇上这种情况也一定相当恐惧,可多闻的眼神中见不到丝毫胆怯,有的只是要保护好小光的强烈意志。

内村站起身,在激烈的声响中,地板开始倾斜。这栋八十年房龄的老房子已经禁不起地震的不断袭击,即将倒塌。

"小光!"

内村摔坐在榻榻米上,朝小光伸出手。从房顶掉落的瓦砾堆在客厅中央,像是故意拦着内村不让他过,地板还朝着堆积如山的瓦砾不断倾斜。

小光与多闻躲在客厅最里面,那里三面是墙,没有窗户。要想救出小光,就必须想办法处理这些瓦砾。

震动稍微平息,但令人不安的声音还是从房子的四面八方响起。

"小光,你待在那里不要乱动。多闻,小光就拜托你了。"

内村站起身，朝着小光他们走去。

"小光！"

久子大叫，南侧的墙壁于内侧倒塌，与此同时，震裂的房顶也从上方落下。

"小光！"

内村也大喊，倒塌的墙壁向小光和多闻砸下来，震开的一部分房顶也掉了下来。

多闻将身躯覆盖在小光身上，这是内村最后一次见到多闻。

6

"内村先生，真是太惨了。"

内村呆然地望着自家老房子的惨状时，身后传来一个声音。

是棚桥先生，他身着工作服，脚下穿着长靴，脖子上挂着毛巾。棚桥家也几乎坍塌，地震结束后他一直忙于整理。

"棚桥先生家也……"

"你遭遇过东日本大地震吧？没想到你从那里搬来熊本后，还是遇上了类似的灾难……"

"怨恨大自然也没有用。"

内村说道。说来也是不可思议，明明一家人都遭遇了灾难，但他并没有涌现出恨意。

"这是那只狗的骨灰吗？"

棚桥朝内村怀里的骨灰盒努了努嘴。

"是的。"

内村等火葬场重新营业后将多闻的遗体火化,刚刚捡完遗骨回来。

"听说它保护了小光,真是只了不起的狗。"

"是非常了不起的狗。"内村笑道。

消防员赶来的时候,地震已经停止一个多小时,内村与久子一直在屋外和小光喊话。

小光还活着,回应了内村他们的话。小光告诉他们,有多闻在身边自己一点都不害怕,就是有东西压在他身上,所以无法动弹。

多闻也还活着,它正在守护着小光。

救援队赶来的时候天色已黑,他们开始清除瓦砾,大约折腾了一个小时,终于将小光和多闻从瓦砾中解救出来。

小光奇迹般地毫发无损,然而多闻的身上却插着一根木头,那是房梁的一部分。

小光被救护车送去医院,内村让久子跟着小光,自己则将多闻抬到车斗上,赶往宠物医院。道路被震成一段一段的,他七拐八拐才来到前田的宠物医院,却由于停电无法给多闻进行手术。

"其他医院应该也是这样,我可以带你到有电的医院去,但那样会耗费过长的时间。"

前田一边用手电筒替多闻检查一边说。

"很可能内脏已经受损,它应该很痛苦,不如让它早些解脱吧。"

内村不明白前田的意思。

"就是安乐死,这是目前对它来说最好的选择。"

"怎么会……"

内村抚摸着躺在观察台上的多闻。

"很痛苦吗,多闻?"

听到内村说话,多闻睁开眼睛看向他。

"小光很安全,多亏你的保护,他才没有受伤。"

多闻闭上眼,即便身受重伤,它依旧挂念着小光。

这是怎样的一只狗啊。

内村轻轻摸了摸多闻的额头。

"那就拜托医生了。"

说完这句话,一股强烈的伤感涌上内村的心头。

他哭了,他哽咽地看着前田将多闻送往天国。

"多谢了,多闻。抱歉了,多闻。"

多闻再次睁开眼睛,看向内村。那双眼睛很快又闭上,再也不会睁开了。

一动不动的多闻被放在货车的副驾驶座上,它的身上盖着一块干净的白布,这是前田坚持要对多闻表示的一点心意。

内村与多闻一起在卡车中颠簸,内村一路上都在叹气,自己是否该将多闻的死讯告诉小光?他的生活好不容易才走上正轨,要是得知了多闻的死讯,一定会备受打击吧?很有可能再度将自己封闭在自我世界中。

不过,自己却不能隐瞒,要是被小光问起来,只好实话实说。

不能对小光说谎。

这是在小光出生的时候,内村就做出的决定。

内村叫醒在医院打盹的久子,在走廊上将多闻的死讯告诉她。

久子听完蹲在地上,无声地哭泣。

久子尽情哭了一番,想和多闻告别。他们走出医院,往停车场走去,久子握住内村的手,内村也轻轻地握住久子的手。

"谢谢你。"久子抚摸着多闻,轻声道。

"多闻直到最后仍在牵挂小光。"内村说。

"多么特别的情谊啊。在釜石相遇,再到熊本重逢,为了保护小光付出了自己的全部,它果然是神明派来的守护天使。"

"该怎么对小光说呢?"

"必须实话实说。我们不是说好,不对小光说谎的吗?"

"万一他受打击,再回到以前的样子该怎么办?"

"放心,多闻会帮助我们的。"

久子的话中充满了坚定。

"久子……"

"多闻就算死了,也不会抛弃小光。"

听了这句话,堵在内村心里的东西好像消失了。

"没错,它可是多闻啊,即便死了也会待在小光身边,一直守护着他。"

"是的,这才是咱们的多闻。"

久子抽泣着,再次抚摸多闻。

※

　　小光食欲旺盛，将早饭吃了个精光。医生说，在那样危险的情况下一点擦伤都没有，简直就是奇迹。
　　夫妻俩并没告诉医生这多亏了多闻，多闻的献身与牺牲，只要家里人知道就可以了。
　　"小光，我有事想和你聊聊。"
　　吃完饭，小光撒着娇说要下床的时候，内村对他说。
　　"什么事？"
　　"是关于多闻的。"
　　看得出，站在床边的久子已振作精神，准备迎接一切。
　　久子在祈祷，对多闻祈祷。
　　无论如何，多闻，守护小光吧。
　　"多闻怎么了？"
　　内村也在祈祷。
　　多闻，拜托了，守护小光吧。
　　"是多闻保护了你，你知道吗？"
　　小光点头。
　　"屋子倒塌的时候，是它撑住了墙壁。它身受重伤，然后，死掉了。"
　　小光不断地眨着眼睛。
　　"所以说，多闻不在了。"
　　"爸爸，你错了。"
　　小光说道，他的话很清晰。

"你说什么?"

"多闻它还在,在这里。"

小光用手指着自己的胸膛。

"那个时候,我听到了多闻的声音:'放心吧,小光,我会一直陪在你的身边。你什么都不用担心。'"

内村看向久子的脸,久子的眼中不断涌出泪水。

这是小光头一次说出这么长的话。

"爸爸,多闻不会因为死了就不在了吧?"

"没、没错。"

"不能再抱住多闻确实寂寞,不过没关系的,我仍然能感受到多闻,它现在就在我的身边。爸爸没有这种感觉吗?妈妈呢?"

小光回过头看久子。

"妈妈也能感受到,多闻,它还在。"

"嗯。"

小光笑了。久子边流着泪水,边露出微笑。

仿佛此时此刻,多闻正坐在地上,开心地仰头看着小光和久子。

"我非常喜欢多闻。"

"多闻也非常喜欢小光。"

内村握住儿子的手,用力地点着头。

※

"你们以后又该如何?"

内村听到棚桥的声音才回过神。

"不知道国家会给多少救灾钱，不过我们打算在这里重新开始。"

"是吗，那真是太好了。住在这儿附近的人都上了岁数，有小孩的家庭减少了很多。小光都恢复了精神，我们这帮老人也必须振作起来呀。"

内村知道村里的老人们尤其关心小光，他们明白小光与一般的孩子不同，但从没刻意提及过。

"自从那只狗来了以后，小光就精神不少了。不仅能开口说话，还能精力充沛地奔跑。"

"是的。"

"小光努力的样子，真叫人心怀期待。那只狗不仅帮助了小光，我们这帮老人也因为它振奋了精神，失去它实在是太令人惋惜了。小光能接受这件事吗？"

"请放心，虽然多闻死了，但它好像仍然活在小光的心中。"

"是吗，那就太好了。"

棚桥微笑道。

微风轻拂，稻田里荡起绿波。

恍惚间，水面上仿佛掠过了多闻奔跑的身影。

7

梅雨季过后的某天，内村的社交账号收到一陌生人的来信。

内村先生，初次见面。冒昧发来邮件，请您不要见怪。前日有幸浏览到内村先生的投稿，是有关一只名叫多闻的狗的文章。我弟弟有段时间曾和那只狗一起生活，我确认过照片，想来不会有错。它们的眼睛一模一样，眼中都充满了坚强的意志……和弟弟一起生活过的那只狗是牧羊犬和日本犬的杂交，弟弟也称呼它为"多闻"。弟弟因事故不幸亡故后，多闻也下落不明，这大约是五年前发生的事。如果您想了解更详细的情况，请给我回消息。

发件人的名字是中垣麻由美，好像住在仙台。
内村开始给中垣麻由美回信。

文治

磨铁图书旗下子品牌

更好的阅读

出 品 人　沈浩波
特约监制　潘　良　于　北
产品经理　烨　伊　胡马丽花
特约编辑　袁嘉俊
版权支持　冷　婷　郎彤童
营销编辑　金　颖　黄筱萌
装帧设计　朱　琳

关注我们

官方微博：@文治图书
官方豆瓣：文治图书
联系我们：wenzhibooks@xiron.net.cn

图书在版编目（CIP）数据

少年与犬 /（日）驰星周著；温雪亮译 . – 北京：北京联合出版公司 , 2022.4
ISBN 978-7-5596-5968-2

Ⅰ . ①少… Ⅱ . ①驰… ②温… Ⅲ . ①长篇小说－日本－现代 Ⅳ . ① I313.45

中国版本图书馆 CIP 数据核字 (2022) 第 024373 号

北京市版权局著作权合同登记 图字：01-2022-0329

SHONEN TO INU by HASE Seishu
Copyright ©2020 HASE Seishu
All rights reserved.
Original Japanese edition published by Bungeishunju Ltd., Japan in 2020.
Chinese (in simplified character only) translation rights in PRC reserved by Beijing Xiron Culture Group Co., Ltd., under the license granted by HASE Seishu, Japan arranged with Bungeishunju Ltd., Japan through BARDON CHINESE CREATIVE AGENCY LIMITED, Hong Kong.

少年与犬

作　者：[日] 驰星周　著
译　者：温雪亮　译
出 品 人：赵红仕
责任编辑：龚　将
封面设计：朱　琳

北京联合出版公司出版
（北京市西城区德外大街 83 号楼 9 层　100088）
北京世纪恒宇印刷有限公司印刷　新华书店经销
字数：106 千字　880 毫米 ×1230 毫米 1/32　印张：8.75
2022 年 4 月第 1 版　2022 年 4 月第 1 次印刷
ISBN 978-7-5596-5968-2
定价：52.00 元

版权所有，侵权必究
未经许可，不得以任何方式复制或抄袭本书部分或全部内容
如发现图书质量问题，可联系更换。质量投诉电话：010-82069336